U0138488

ぶんか

文化 初級日本語 4

しょきゅうにほんご

改訂版

大新書局　印行

はじめに

『文化初級日本語１ 改訂版』から『文化初級日本語４ 改訂版』は、初めて日本語を学ぶ人のためのテキストで、1987年に出版された『文化初級日本語Ⅰ』『文化初級日本語Ⅱ』、その改訂版の『新文化初級日本語Ⅰ』『新文化初級日本語Ⅱ』の特長を生かしつつ、より効果的に楽しく日本語が学習できることを目指して作成しました。

このテキストが目標としているのは、学習者が日々の生活の中で自分の言いたいことを相手に伝えたり、相手が伝えたいことを理解したりする力を養うことです。作成にあたっては、初級の学習者にとって必要な日本語は何かということを念頭に置いて、学習項目を選定し直し、その提出順序を見直しました。また、学習した日本語が実際の生活の中で使えるようになることを目指して、本文、文型の例文、練習を作成しました。さらに、本文については、日本語を学ぶ留学生が教室から日本の社会へと活動範囲を広げていくというストーリー展開の中で、日本で生活する上で必要な知識も楽しく学べるように工夫しました。

本書の出版に際しては、学内外の多くの方々からご協力をいただきました。特に、試作版を使用してくださった先生及び学生の皆さんに、この場を借りて心よりお礼を申し上げます。今後多くの方々にこのテキストを使っていただき、ご意見をいただけましたら幸いです。

２０１３年8月

国頭美紀
白岩麻奈
八田浩野
平川奈津子
広田周子

このテキストについて

1．対象者と目標

このテキストは、将来日本の大学や専門学校などに進学することを希望し、初めて日本語を学ぶ学習者を対象として作成しました。進学を希望する学習者の場合、初級の日本語学習では、将来高等教育を受ける際に必要となる応用力を積み上げるための基礎力をつけることが求められます。そのため作成にあたっては、文法を正確に理解する力、相手が言いたいことを理解する力、自分が伝えたいことを積極的に表現する力を身につけることを目標としました。

2．特徴

このテキストは媒介語を使用していないため、新しく学習する文型が使われる場面や状況の理解の手助けとなるよう、イラストを多く掲載しました。

各課の本文では、学習者が日本で生活する中で遭遇するであろう場面を取り上げ、学習者に身近な内容でストーリーを構成しています。各文型を理解するための例文は、実際の発話に結び付けられるように自然な会話や文を提示しました。また、練習は、文型の定着を目的とした代入練習に加え、学習者が自らのことを話す練習も盛り込みました。

3．構成

それぞれの課は 単語（たんご） 本文 文型 練習 練習問題 から成っています。

- 単語（たんご）

単語は、各課で新しく出た単語を集め、アクセントと中国語の翻訳を付けたものです。

- 本文

本文は、学習者に関連のある場面を取り上げ、その中で文型を提示したものです。主に会話文ですが、作文や日記などもあります。本文の扱い方は課によって異なり、モデル会話やモデル作文として扱うことを意図したものや、理解中心のものもあります。

- 文型

その課で学習する新出文型を提示し、実際の発話に結び付けられるような例文を挙げたものです。新しい活用などは、必要に応じて活用表や図で示しました。

・練習

文型の意味や使い方の確認としての代入練習と、その応用としての「☆友達と話しましょう」、さらに「友達と話そう」(『文化初級日本語Ⅱ　テキスト　改訂版』)があります。学習者が文型の意味を十分理解し、自分の表現として定着させること、また、クラスメートの話を興味を持って聞き、理解し合うことも目指しています。

・練習問題

学習した全ての文型に対応した問題が、各課の文型の順に提出されています。

・チャレンジ!

本文や文型に関連する発展性のある活動で、運用力を高めることを目指しています。

・その他

第２８課には、既習文型をまとめ、違いを確認できるように 参考(さんこう) のページを設けました。

4．その他

・50音索引

第２７課から第３４課までの各課ごとの新出語の一覧です。50音順に並べ、初出の課を記しました。

・漢字

基本的に常用漢字を使用していますが、ひらがなが使われることが多い語句に関してはひらがなで表記しました。また、学習者の負担を軽くするために、漢字にふりがなをつけました。

・関連出版物

『文化初級日本語１改訂版』
『文化初級日本語２改訂版』
『文化初級日本語３改訂版』
『文化初級日本語１・２・３・４改訂版 教師用指導例集』

目次

主(おも)な登場人物(とうじょうじんぶつ)

日本語学校(にほんごがっこう)の留学生(りゅうがくせい)

ラフル・チャダ

（インド）

＊チンと同(おな)じ学生会館(がくせいかいかん)

チン・コウリョウ

（台湾(たいわん)）

＊ラフルと同(おな)じ学生会館(がくせいかいかん)

マリー・マルタン

（カナダ）

ワン・シューミン

（シンガポール）

リー・ミン

（中国(ちゅうごく)）

キム・ヨンス

（韓国(かんこく)）

アルン・アマラポーン

（タイの留学生(りゅうがくせい)）

＊ワンの友達(ともだち)

萩原先生(はぎわらせんせい)

西田先生(にしだせんせい)

＊日本語学校(にほんごがっこう)の先生(せんせい)

佐藤 武
さとう たけし
（会社員）
かいしゃいん

吉田 良子
よしだ よしこ
（大学生）
だいがくせい

原 京子
はら きょうこ
（音楽大学の学生）
おんがくだいがく がくせい
＊吉田良子の友達
よしだよしこ ともだち
＊ワンと同じ学生会館
おな がくせいかいかん

鈴木 一郎
すずき いちろう
（会社員）
かいしゃいん

鈴木 幸子
すずき さちこ
（会社員）
かいしゃいん

鈴木 健志
すずき けんじ
＊一郎と幸子の子供
いちろう さちこ こども

鈴木 伸
すずき しん
＊一郎と幸子の子供
いちろう さちこ こども

第27課

だいにじゅうななか

進学準備

しんがくじゅんび

単語

たんご

1. こばやしさき	小林咲	小林咲（人名）
2. (さん)ねんせい	(3)年生	(3）年級學生
3. すみれファッションスクール		紫羅蘭時裝學院（虛構學校名）
4. つぎ	次	下一個
5. ゆっくり		慢慢地
6. (それ)いがい	以外	(那個）以外
7. ぐあい	具合	情況，狀態
8. (時間が)ない		沒有（時間）
9. あちら「あそこ」		那裡，那邊
10. うけつけ(が始まる)	受付	(開始）受理
11. (はじまる)ところ		正要（開始）
12. れつ	列	行列、隊伍
13. さいご	最後	最後，最終
14. ならぶ	並ぶ	排列
15. がっこうせつめいかい	学校説明会	學校説明會
16. かいじょう	会場	會場
17. (前の)ほう	方	(前面的）方向
18. (人で)いっぱい		(人）滿，很多
19. かえりみち	帰り道	歸途
20. がっか	学科	學科，科目
21. にゅうがくしけん	入学試験	入學考試
22. はさみ		剪刀
23. でかける	出かける	出門，外出
24. ホーム		月台
25. (おなかが)いっぱい		(肚子）飽
26. しょうせつ	小説	小説

27. きょうじゅ	教授	教授
28. ろんぶん	論文	論文
29. (熱(ねつ)が)たかい	高い	(熱度)高的
30. はやい	速い	快的，迅速的
31. テーマ		主題，題目
32. めんせつしけん	面接試験	面試考試
33. じゅけんせい	受験生	考生
34. おこなう	行う	舉行
35. マナー		禮節，禮儀
36. めんせつしつ	面接室	面試室
37. ノック		敲門
38. ノック(を)する		敲門
39. すぐに		馬上，立刻
40. こたえる	答える	回答，答覆
41. からだ	体	身體
42. うで	腕	胳膊
43. あし	足	腿，腳
44. (足(あし)を)くむ	組む	翹(腳)
45. いみ	意味	意思，意義
46. きこえる	聞こえる	聽見，聽得到
47. せんもんてき	專門的	專業的
48. (質問(しつもん)が)でる	出る	出現(提問)
49. できるだけ		盡量
50. よそうする	予想する	預料，預想
51. そんな		那樣的
52. おちつく	落ち着く	鎮靜，穩定

【いろいろな表現(ひょうげん)】

1. どうしますか。	怎麼辦呢？
2. (列(れつ)の最後(さいご)に)お並(なら)びください。	請排(在隊伍的最後面)。
3. いいんですか。	可以嗎？

本文１

オープンキャンパスに行きませんか。

小林咲…高校３年生。マリー・マルタンの友達。

マリー・マルタン…カナダから来た留学生。日本語学校で勉強している。

（喫茶店で）

咲：マリーさんは来年何の勉強をしますか。

マリー：ファッションの勉強をするつもりです。

咲：そうなんですか。私もです。もう学校を決めましたか。

マリー：いいえ。まだ迷っているんです。

咲：じゃあ、今度すみれファッションスクールという学校のオープンキャンパスがあるんですが、いっしょに行きませんか。

マリー：いいですね。私もその学校のことを知りたいと思っていたんです。

咲：オープンキャンパスは次の土曜日と来月の１０日です。マリーさんも行けますか。

マリー：ええ。

咲：どちらがいいですか。

マリー：どちらでもだいじょうぶです。

咲：じゃあ、次の土曜日にしましょう。今、予約しますね。

マリー：ええ。でも、次の土曜日はあさってですが、まだ間に合うでしょうか。

咲：そうですね…。間に合わなければ来月にしましょう。

マリー：ええ。

どちらでもいいです。

1）A：いつこの本(ほん)を返(かえ)せばいいですか。

　　B：いつでもいいです。ゆっくり読(よ)んでください。

2）A：コーヒーと紅茶(こうちゃ)とどちらがいいですか。

　　B：どちらでもけっこうです。

3）A：あさって、どこで会(あ)いましょうか。

　　B：そうですね。私(わたし)は学校(がっこう)から近(ちか)い所(ところ)ならどこでもいいです。

4）A：何(なに)を食(た)べに行(い)きましょうか。

　　B：辛(から)い物(もの)はちょっと苦手(にがて)なので、それ以外(いがい)なら何(なん)でもいいです。

　　A：じゃあ、和食(わしょく)にしましょうか。

　　B：いいですね。

間(ま)に合(あ)わなければ来月(らいげつ)にしましょう。

「～ば」の形(かたち)

	基本体(きほんたい)	～ば（肯定形(こうていけい)）	基本体(きほんたい)	～ば（否定形(ひていけい)）
い形容詞(けいようし)	高(たか)い ※いい	高(たか)ければ よければ	高(たか)くない よくない	高(たか)くなければ よくなければ
動詞(どうし)	終(お)わる ある	終(お)われば あれば	終(お)わらない ない	終(お)わらなければ なければ

1） A：顔色(かおいろ)が悪(わる)いですね。明日(あした)は休(やす)んだほうがいいんじゃありませんか。

B：明日(あした)の朝(あさ)起(お)きた時(とき)、具合(ぐあい)が悪(わる)ければ休(やす)みます。

2） A：時計(とけい)を買(か)うんですか。

B：ええ、あまり高(たか)くなければ

買(か)おうと思(おも)っています。

3） A：今夜(こんや)のパーティー、どうしますか。

B：仕事(しごと)が早(はや)く終(お)われば行(い)きますが、

終(お)わらなければ行(い)きません。

4） A：日曜日(にちようび)のハイキング、楽(たの)しみですね。

B：そうですね。

A：ところで、お弁当(べんとう)はどうしますか。

B：時間(じかん)があれば作(つく)りますが、なければ買(か)います。

本文2

ちょうど今、受付が始まるところです。

（すみれファッションスクールで）

咲：すみません、オープンキャンパスに来たんですが、

どこへ行けばいいですか。

先生：あちらです。

ちょうど今、

受付が始まるところですから、

列の最後にお並びください。

咲：ありがとうございます。

（学校説明会の会場で）

マリー：わあ、前の方はもういっぱいですね。

咲：ええ。座れそうにありませんね。

マリー：そうですね。じゃあ、この辺に座りましょうか。

（帰り道で）

マリー：オープンキャンパスに来てよかったですね。

咲：ええ、学科の内容がよくわかりましたね。
マリーさんはこの学校を受けますか。

マリー：ええ。ぜひこの学校に入りたいです。
でも、入学試験には面接もあるので、心配です。

咲：私も心配だったので、面接の本を買ったんです。

マリー：そうですか。

咲：わかりやすかったですよ。貸しましょうか。

マリー：いいんですか。

咲：ええ。私はもう読んでしまいましたから。

マリー：ありがとうございます。

咲：じゃあ、今度持って来ますね。

文型 3

ちょうど今(いま)、受付(うけつけ)が始(はじ)まる<u>ところ</u>です。

1） 姉(あね)：ただいま。もうドラマ、始(はじ)まった？

　　妹(いもうと)：今(いま)、始(はじ)まるところだよ。

　　姉(あね)：よかった。

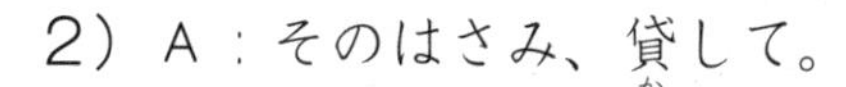

2） A：そのはさみ、貸(か)して。

　　B：ごめん。これから使(つか)うところなんだ。

3） （学生会館(がくせいかいかん)で）

　　A：これからスーパーに買(か)い物(もの)に行(い)くんだけど、いっしょに行(い)かない？

　　B：ごめん。今(いま)からごはんを食(た)べるところなんだ。

4） （会社(かいしゃ)で）

　　A：この段(だん)ボール箱(ばこ)、片付(かたづ)けましょうか。

　　B：それはこれから使(つか)うところだから、

　　　置(お)いといてください。

練習 a

例(れい)のように言(い)いましょう。

例(れい)） 買(か)い物(もの)に行(い)く／晩(ばん)ごはんを作(つく)る

　（学生会館(がくせいかいかん)で）

　A：今(いま)から<u>買(か)い物(もの)に行(い)く</u>んだけど、いっしょに<u>行(い)か</u>ない？

　B：ごめん。これから<u>晩(ばん)ごはんを作(つく)る</u>ところなんだ。

1． ケーキを食(た)べに行(い)く／先輩(せんぱい)と出(で)かける

2． カラオケに行(い)く／明日(あした)の試験(しけん)の勉強(べんきょう)をする

3． 私(わたし)の部屋(へや)で映画(えいが)を見(み)る／アルバイトに行(い)く

文型4

座(すわ)れそうです。

座(すわ)れそうにありません。

1）（駅(えき)のホームで）

A：あまり込(こ)んでいませんね。

B：そうですね。座(すわ)れそうですね。

2）（学生会館(がくせいかいかん)で）

A：そのレポートはいつまでに出(だ)さなくてはいけないんですか。

B：明日(あした)の10時(じ)までです。

A：そうですか。だいじょうぶですか。

B：ええ、今晩(こんばん)がんばれば間(ま)に合(あ)いそうです。

3）（電話(でんわ)で）

先生(せんせい)：明日(あした)は学校(がっこう)に来(こ)られますか。

学生(がくせい)：いいえ、まだ熱(ねつ)があるので、

明日(あした)は行(い)けそうにありません。

4）A：ケーキ、もう少(すこ)しいかがですか。

B：ありがとうございます。でも、おなかがいっぱいで食(た)べられそうにないので…。

5）山田(やまだ)：この本(ほん)、読(よ)んでみませんか。おもしろかったですよ。

サラ：日本語(にほんご)の小説(しょうせつ)ですか…。

あ、でも漢字(かんじ)が少(すく)ないから、私(わたし)にも読(よ)めそうですね。

6）教授(きょうじゅ)：この論文(ろんぶん)を読(よ)んでみませんか。

学生(がくせい)：えっ、フランス語(ご)の論文(ろんぶん)ですか。私(わたし)には読(よ)めそうにありません。

※　おなかがいっぱいで食(た)べられそうもありません。

練習b

絵を見て例のように言いましょう。

例）A：全部食べられますか。

　　B：ううん…。辛くて

　　食べられそうにありません。

全部食べる／辛い

1．明日、コンサートに行く／まだ熱が高い

2．この歌、歌う／速い

3．そのレポート、来週までに書く／テーマが難しい

文型 5

もう読(よ)んでしまいました。

1）日曜日(にちようび)に友達(ともだち)とハイキングに行(い)く約束(やくそく)をしたので、

土曜日(どようび)に全部(ぜんぶ)宿題(しゅくだい)をしてしまうつもりです。

2）（学生会館(がくせいかいかん)で）

京子(きょうこ)：「消(き)えたダイヤ」のＤＶＤを借(か)りたんだけど、

私(わたし)の部屋(へや)でいっしょに見(み)ない？

ワン：うん、見(み)る。この手紙(てがみ)を書(か)いてしまったら行(い)くから、ちょっと待(ま)って。

3）Ａ：もうすぐ３時(じ)ですね。休憩(きゅうけい)しませんか。

Ｂ：そうですね。でも、もうちょっとだから、やってしまいましょう。

本文3

面接試験

面接試験について知ろう

面接試験は、受験生がその学校に入りたい理由や、その専門を勉強したい理由などを学校が知るために行います。試験を受ける前に、「どうしてその学校に入りたいか」「どうしてその勉強をしたいか」ということをよく考えて、上手に話せるように練習しましょう。

面接試験のマナー

1. 面接室に入る時は、ノックをしてから入ります。
   「失礼します。」とあいさつをして、入りましょう。

2. すぐにいすに座ってはいけません。
   面接の先生が「どうぞ。」と言ったら、
   「失礼します。」と言って座ります。

3. 質問に答えている時は、体を動かしたり、
   腕や足を組んだりしてはいけません。

4．面接が終わったら、「ありがとうございました。」、
　面接室を出る時には、「失礼します。」とあいさつをします。

話し方

1．最後までよく質問を聞いてから答えます。
2．面接の先生の質問には「です、ます」で答えます。
3．はっきり大きい声で話しましょう。

こんな時は…

1．質問の意味がわからない時、何も言わないのはよくありません。
　「すみません。質問がよくわからないんですが…。」と言いましょう。
2．質問が聞こえない時は、「すみません。もう一度お願いします。」
　と言います。
3．専門的な質問など、日本語で説明できない質問が出た時は、
　「日本語で説明するのは難しいんですが…。」などと言ってから、
　知っている言葉を使って、できるだけ話しましょう。

　面接では、自分が予想しなかった質問が出るかもしれません。
そんな時も落ち着いて答えましょう。

冷静沈着

練習問題

Ⅰ 文型1　例(れい)のように［　］の中(なか)から言葉(ことば)を選(えら)んで書(か)きなさい。

どれ	どれも	どれでも

例　A：花(はな)、＿どれ＿を買(か)いましょうか。

　　B：全部(ぜんぶ)きれいですね。＿どれでも＿いいです。

何(なに)	何(なに)も	何(なん)でも

1. A：＿何＿が食(た)べたいですか。

　　B：私(わたし)は＿何でも＿いいです。

2. A：ディズニーランドで何(なに)か買(か)いましたか。

　　B：いいえ、＿何も（なに）＿買(か)いませんでした。

どちら	どちらも	どちらでも

3. A：コーヒーと紅茶(こうちゃ)と＿どちら＿がいいですか。

　　B：コーヒーがいいです。

4. チン：日本(にほん)ではサッカーと野球(やきゅう)とどちらのほうが人気(にんき)がありますか。

　　鈴木(すずき)：＿どちらでも＿同(おな)じぐらいですよ。

いつ　　いつも　　いつでも

5．A：この本、おもしろかったよ。読んでみない？

B：ありがとう。じゃあ、借りるね。いつ返せばいい？

A：＿いつでも＿いいよ。

6．A：パーティーが＿いつ＿あるか知っていますか。

B：ええ。今度の日曜日ですよ。

II 文型2　例のように ▭ の中から言葉を選んで、適当な形にして書きなさい。

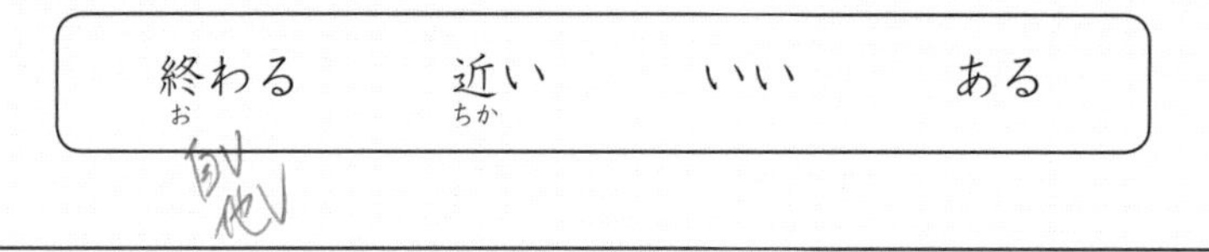

例　A：明日のパーティー、行きますか。

B：仕事が早く＿終われ＿ば行きますが、＿終わらなけれ＿ば行きません。

1．（電話で）

A：かぜ、だいじょうぶですか。明日、来られますか。

B：そうですね…。明日の朝、具合が＿よければ＿ば行きますが、

＿よくなければ＿ば電話します。

2．A：アルンさんのうちまで歩いて行きますか。

B：駅から＿近けれ＿ば歩いて行って、

＿遠けれ＿ばタクシーで行きませんか。

A：そうですね。それがいいですね。

3．A：いつも晩ごはんを自分で作りますか。

　B：時間が＿＿＿＿＿＿＿＿ば作りますが、

　＿＿＿＿＿＿＿＿ば外で食べます。

Ⅲ 文型３　例のように書きなさい。

> 例　A：コンサートはもう始まりましたか。
>
> 　　B：いいえ。ちょうど今、＿始まる＿ところです。

1．A：そのはさみ、貸して。

　B：ごめん。これから＿＿＿＿＿＿＿＿ところなんだ。

2．（放課後　教室で）

　A：今から喫茶店に行くんだけど、いっしょに行かない？

　B：ごめん。これから映画を＿＿＿＿＿＿＿＿ところなんだ。

3．良子：ただいま。

　母：おかえりなさい。ちょうどよかったわ。

　これから晩ごはんを＿＿＿＿＿＿＿＿ところよ。

Ⅳ 文型４ 例のように ▭ の中から言葉を選んで、適当な形にして書きなさい。

食べる	間に合う	終わる	読む	行く

例
1）このカレーはあまり辛くないので、全部 食べられそうです。
2）このカレーは辛いので、全部 食べられそうにありません。

1．この本は簡単だから、子供にも ＿読めそうです＿

2．A：遅くなってすみません。コンサートが始まるまで１０分しかありませんね。
B：ええ。でも会場まで近いから、走れば ＿間に合いそう＿ よ。

3．（電話で）
先生：かぜはどうですか。明日、学校へ来られますか。
学生：まだ熱が３８度もあるんです。明日も ＿行けそうにありません＿

4．（会社で）
A：今夜、飲みに行きませんか。
B：仕事が ＿終わりそうにない＿ ので、今日はちょっと…。

V 文型5　正しいものに○をつけなさい。

1．明日ディズニーランドに行くので、

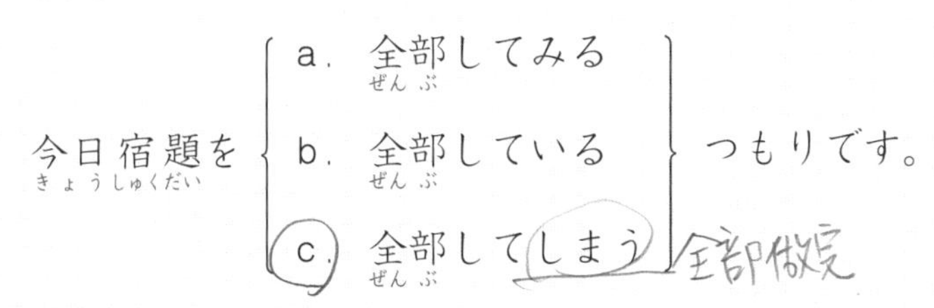

今日宿題を ｛ a．全部してみる ／ b．全部している ／ c．全部してしまう ｝ つもりです。

2．A：そのまんが、おもしろそうですね。

B：ええ、おもしろかったですよ。

私はもう ｛ a．読んでしまいました ／ b．読んでしまって ／ c．読みます ｝ から、貸しましょうか。

3．A：すみません、ちょっと手伝ってくれませんか。

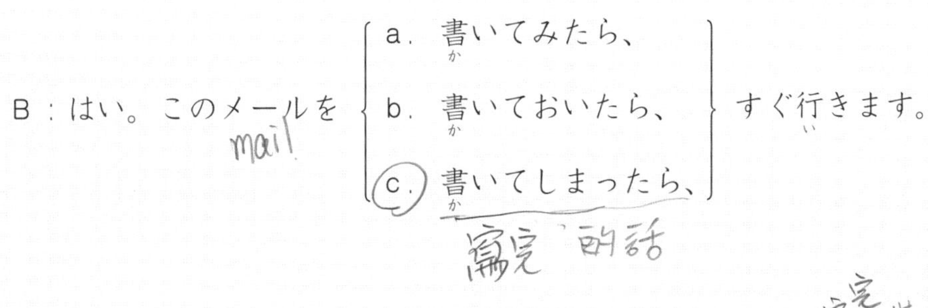

B：はい。このメールを ｛ a．書いてみたら、 ／ b．書いておいたら、 ／ c．書いてしまったら、 ｝ すぐ行きます。

4．願書の締切りを忘れないように ｛ a．メモしてしまいます。 ／ b．メモしてみます。 ／ c．メモしておきます。 ｝

第28課

だいにじゅうはちか

手伝ってくれてありがとう。

てつだ

単語

たんご

1. かいてき	快適	舒適的，舒服的
2. かえる	変える	改變，變更
3. みまい／おみまい	（お）見舞い	探望，探病
4. つれていく	連れて行く	帶……去
5. ひろし	宏	宏（人名）
6. （人を）おくる	送る	送（人）
7. ていしゅつする	提出する	提出
8. にゅうかん	入管	入境管理局
9. かたづけ	片付け	收拾，整理
10. くうこう	空港	機場
11. かっこいい		帥的，酷的
12. じっか	実家	老家
13. かたづく	片付く	收拾，整理
14. おれい（を）する	お礼（を）する	贈謝禮；致謝
15. ごちそうする		請客
16. かんこくご	韓国語	韓語
17. きゅう	急	突然的，忽然的
18. しょうかいする	紹介する	介紹
19. くやくしょ	区役所	區公所
20. （壊れたパソコンを）みる		看（壞掉的電腦）

21. みおくる	見送る	目送，送行
22. ガイドブック		指南，指導書
23. ろっぽんぎ	六本木	六本木（地名）
24. あのころ		那個時候
25. まんいん	満員	客滿
26. クラシック		古典的
27. かんじ	感じ	感覺，印象
28. ふんいき	雰囲気	氣氛
29. （雰囲気（ふんいき）が）いい		（氣氛）好的
30. ハンバーグ		漢堡排
31. まちあわせ	待ち合わせ	等候會面，碰頭
32. まちあわせ（を）する	待ち合わせ（を）する	等候會面，碰頭
33. べつ	別	別的，另外
34. （おなかが）すく		（肚子）餓
35. ハッピーバーガー		快樂漢堡（虛構店名）
36. うら	裏	後面
37. ハンバーガーや	ハンバーガー屋	漢堡店
38. （宿題（しゅくだい）を）みる		看（作業）

【いろいろな表現（ひょうげん）】

1. おかげさまで。	託您的福。
2. そうねえ…。	這個嘛……。
3. あら、そう。	哎呀！是嗎。
4. ねえ、	喂，（用於呼喚對方）
5. 楽（たの）しみだなあ。	真期待啊。

本文1

引(ひ)っ越(こ)しを手伝(てつだ)ってくれてありがとう。

良子(よしこ)：もしもし、武(たけし)さん？

武(たけし)：あ、良子(よしこ)さん。

良子(よしこ)：今(いま)、いい？

武(たけし)：いいよ。

良子(よしこ)：この前(まえ)は、引(ひ)っ越(こ)しを手伝(てつだ)ってくれてありがとう。

武(たけし)：ううん。新(あたら)しい部屋(へや)はどう？

良子(よしこ)：とても快適(かいてき)よ。でも…。

武(たけし)：どうしたの？

良子(よしこ)：家具(かぐ)の場所(ばしょ)を変(か)えたいんだけど、重(おも)くて自分(じぶん)で動(うご)かせないの。

武(たけし)：そうなんだ。じゃあ、今度(こんど)行(い)った時(とき)、手伝(てつだ)うよ。

良子(よしこ)：本当(ほんとう)？　ありがとう。よろしくね。

文型1

マリーさんが（私(わたし)に）英語(えいご)を教(おし)えてくれました。

1）ワン：アルンさんがタイ料理(りょうり)の作(つく)り方(かた)を教(おし)えてくれました。

2）A：この前(まえ)は、お見舞(みま)いに来(き)てくれてありがとう。

B：ううん。もうよくなった？

A：うん、おかげさまで。どうもありがとう。

3）先生：ホームステイはどうでしたか。

チン：ホストファミリーがいろいろな所へ連れて行ってくれたので、本当に楽しかったです。

4）A：ただいま。

B：おかえりなさい。おばあちゃん、その荷物、重くて大変だったでしょう？

A：いいえ、だいじょうぶでしたよ。隣の宏君がバス停から家の前まで荷物を持ってくれたから。

5）（学生会館で）

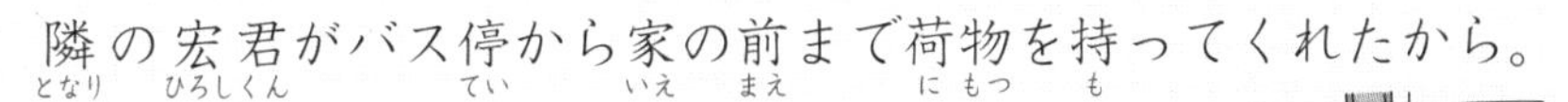

先生：ラフルさん、国から荷物ですよ。

ラフル：ありがとうございます。ああ、母からだ。

先生：ラフルさんのお母さんはよく荷物を送ってくれますね。

ラフル：ええ。国の食べ物を送ってくれるんです。

練習a

例のように言いましょう。

例）車で送る／門限に間に合う

A：この前は、車で送ってくれてありがとう。

B：ううん。門限に間に合った？

A：うん。本当にありがとう。

1. アルバイトを紹介する／もう慣れる
2. 電話で起こす／試験に間に合う
3. 宿題のレポートを手伝う／もう提出する
4. 入管の行き方を教える／すぐわかる

文型 2

良子さんのうちへ<u>行く時</u>、ケーキを買いました。

良子さんのうちへ<u>行った時</u>、片付けを手伝いました。

1）先生：最後に帰る人は、教室を出る時、電気を消してください。

2）幸子：この人、チンさんのお母さんですか。

　　チン：ええ。日本へ来る時、

　　　　　空港でいっしょに撮ったんです。

3）今度の冬休みに国へ帰った時、友達に会うつもりです。

4）A：そのTシャツ、かっこいいね。どこで買ったの？

　　B：夏休みにハワイへ行った時、買ったんだ。

友達と話そう

- 今度国へ帰る時、買って帰りたい物はありますか。
- 今度国へ帰った時、何をしようと思っていますか。

本文2

おいしい物をごちそうしてあげるのはどう？

（良子の実家で）

良子：ただいま。

母：おかえりなさい。もう部屋は片付いた？

良子：うん、だいたい片付いたよ。

でも、ちょっと家具を動かしたいから、

今度武さんに手伝ってもらうつもりなの。

母：武さんは本当に優しいわね。何かお礼をしなくちゃね。

良子：うん。何がいいと思う？

母：そうねえ…。何かおいしい物をごちそうしてあげるのはどう？

良子：いいね。じゃあ、みんなでどこかすてきなレストランに行こうよ。

母：そうね。みんなで行きましょう。

（私は）武さん__に__引っ越しを手伝っ__てもらいました__。

1）本田：私はキムさんに韓国語を教えてもらいました。

2）長井：昨日の夕方、急に雨が降りましたね。

ぬれませんでしたか。

山本：家族に駅まで迎えに来てもらったので、

だいじょうぶでした。

3）広田(ひろた)：木村(きむら)さんが来月(らいげつ)結婚(けっこん)するそうですよ。
　　林(はやし)：そうですか。どんな人(ひと)と結婚(けっこん)するんですか。
　広田(ひろた)：私(わたし)もよく知(し)らないんですよ。
　　　　大学(だいがく)の先輩(せんぱい)に紹介(しょうかい)してもらった人(ひと)だそうですよ。

4）ワン：わあ、きれいな着物(きもの)だね。買(か)ったの？
　リー：ううん。日本人(にほんじん)の友達(ともだち)に貸(か)してもらったの。

練習b

例(れい)のように言(い)いましょう。

例(れい)）ゆかたの着方(きかた)がわからない／幸子(さちこ)さん／教(おし)える
　A：ゆかたの着方(きかた)がわからないんですが…。
　B：じゃあ、幸子(さちこ)さんに教(おし)えてもらうといいですよ。

1. フランス語(ご)を習(なら)いたい／マリーさん／教(おし)える
2. 区役所(くやくしょ)の行(い)き方(かた)がわからない／学生会館(がくせいかいかん)の先生(せんせい)／地図(ちず)をかく
3. 日本人(にほんじん)と友達(ともだち)になりたい／アルンさん／紹介(しょうかい)する
4. パソコンが壊(こわ)れてしまった／山田(やまだ)さん／みる

練習c

例(れい)のように、うれしかったことについて話(はな)しましょう。

例(れい)）日本(にほん)へ来(く)る時(とき)、家族(かぞく)に空港(くうこう)まで送(おく)って
　もらいました。友達(ともだち)も見送(みおく)りに来(き)て
　くれました。とてもうれしかったです。

（私(わたし)は）武(たけし)さんにおいしい物(もの)をごちそうしてあげます。

1）良子(よしこ)：弟(おとうと)の誕生日(たんじょうび)にケーキを作(つく)ってあげるつもりです。

2）母(はは)：おかえりなさい。

宏(ひろし)：ただいま。今(いま)、隣(となり)のおばあちゃんの荷物(にもつ)を運(はこ)んであげたんだよ。

母(はは)：あら、そう。

3）ワン：おいしそうな料理(りょうり)ですね。タイのガイドブックですか。

アルン：ええ。日本人(にほんじん)の友達(ともだち)がタイへ旅行(りょこう)に行(い)くので、おいしいレストランを教(おし)えてあげようと思(おも)っているんです。

4）（学生会館(がくせいかいかん)で）

ラフル：チンさんは？

パク：さっき出(で)かけましたよ。台湾(たいわん)の友達(ともだち)をディズニーランドへ連(つ)れて行(い)ってあげると言(い)っていましたよ。

本文3

あの店、覚えてる？

良子：どこがいいと思う？

母：六本木の銀河亭はどう？　すてきなレストランよ。

良子：ああ、あそこね。京子といっしょに行ったことがある。

母：そう。昔、よくお父さんといっしょに行ったのよ。

ねえ、お父さん、あの店、覚えてる？

父：うん。あそこへはよく行ったなあ。

あのころ、あの店は人気があって、いつも込んでいたね。

良子：私が京子と行った時も、満員だったよ。

母：そう。今も人気があるのね。

じゃあ、みんなで武さんと銀河亭に行きましょう。

弟：その店はどんな所なの？

父：そこはね、クラシックな感じで、雰囲気がとてもいいんだ。

ハンバーグがおいしいんだよ。

弟：そうなんだ。楽しみだなあ。

良子：明日、銀河亭で待ち合わせをしましょう。

武：その店はどこにあるの？

良子：明日、新宿の東口で待ち合わせをしましょう。

武：あそこは人が多すぎるから、別の所にしようよ。

1）アルン：トムヤムクンを食べたことがありますか。

ワン：いいえ。それはどんな食べ物ですか。

アルン：辛くてすっぱいタイのスープです。

2）長井：そのかばん、いいですね。

山本：ありがとうございます。駅前のデパートで買ったんです。

長井：ああ、あそこですか。あそこはいい物がたくさんありますね。

3）A：おなかがすいたね。ハッピーバーガーに行かない？

B：あそこはいつも込んでいるよ。

A：じゃあ、どこに行く？

B：学校の裏のハンバーガー屋はどう？

A：そこは込んでないの？

B：うん、あまり込んでないよ。

A：じゃあ、そこに行こう。

参考

助詞の変化に注意して下の絵と日本語を見てみましょう。

元の文

①アルンさんが西村さんにタイ料理の作り方を教える。

教える　貸す
ごちそうする
（手紙を）書く
（物を）送る　など

②武さんが良子さんを送る。

（人を）送る
連れて行く
迎えに来る　など

③宏君がおばあちゃんの荷物を持つ。

（荷物を）持つ
（宿題を）みる
（仕事を）手伝う　など

「～てあげる」「～てくれる」の場合

①アルン：私は西村さんにタイ料理の作り方を教えてあげました。

西村：アルンさんが（私に）タイ料理の作り方を教えてくれました。

② 武（たけし）：私（わたし）は良子（よしこ）さんを送（おく）ってあげました。

良子（よしこ）：武（たけし）さんが私（わたし）を送（おく）ってくれました。

③ 宏（ひろし）：僕（ぼく）はおばあちゃんの荷物（にもつ）を持（も）ってあげました。

おばあちゃん：宏君（ひろしくん）が（私（わたし）の）荷物（にもつ）を持（も）ってくれました。

「～てもらう」の場合（ばあい）

①西村（にしむら）：私（わたし）はアルンさんにタイ料理（りょうり）を教（おし）えてもらいました。

②良子（よしこ）：私（わたし）は武（たけし）さんに送（おく）ってもらいました。

③おばあちゃん：私（わたし）は宏君（ひろしくん）に荷物（にもつ）を持（も）ってもらいました。

練習問題

I 文型 1･3･4 絵を見て例のように、「～てあげる」「～てくれる」「～てもらう」を使って書きなさい。

西村：アルンさんにタイ料理の作り方を

教えてもらいました。

1．

武：昨日、良子さんとドライブに行きました。

私は良子さんを車でうちまで

____

良子：昨日のドライブは楽しかったです。

武さんが車でうちまで

____

2．

宏：昨日、隣のおばあちゃんの荷物を

______________________________。

おばあちゃんは、今日、僕に

アイスクリームを______________________

3.

ワン：きれいな着物(きもの)ですね。買(か)ったんですか。

リー：いいえ。日本人(にほんじん)の友達(ともだち)に＿＿＿＿＿＿＿＿

＿＿＿＿＿＿＿＿＿＿＿＿＿＿んです。

4.

田中(たなか)：この写真(しゃしん)、とてもいいね。

佐藤(さとう)：そう？　これは、横浜(よこはま)へ行(い)った時(とき)、

原(はら)さんが＿＿＿＿＿＿＿＿＿＿＿＿＿＿

＿＿＿＿＿＿＿んだ。

5.

パク：私(わたし)は日本料理(にほんりょうり)を習(なら)いたいと思(おも)っています。

夏休(なつやす)みに日本人(にほんじん)の友達(ともだち)に＿＿＿＿＿＿＿＿＿＿

＿＿＿＿＿＿＿＿＿＿つもりです。

II 文型2　正(ただ)しいものに○をつけなさい。

1. 今朝(けさ)、うちを { a. 出(で)る / b. 出(で)た } 時(とき)、電気(でんき)を消(け)すのを忘(わす)れました。

2. 日本(にほん)へ { a. 来(く)る / b. 来(き)た } 時(とき)、家族(かぞく)が空港(くうこう)まで送(おく)ってくれました。

3. 来月(らいげつ)、国(くに)へ { a. 帰(かえ)る / b. 帰(かえ)った } 時(とき)、高校(こうこう)の友達(ともだち)に会(あ)うつもりです。

4. 昨日(きのう)、うちへ { a. 帰(かえ)る / b. 帰(かえ)った } 時(とき)、荷物(にもつ)が重(おも)かったので、タクシーに乗(の)りました。

5．マリーさんのうちへ遊(あそ)びに｛a．行(い)く／b．行(い)った｝時(とき)、マリーさんの家族(かぞく)の写真(しゃしん)を見(み)せてもらおうと思(おも)っています。

Ⅲ 文型5　例(れい)のように □ の中(なか)から言葉(ことば)を選(えら)んで書(か)きなさい。

その	あの	それ	あれ	そこ	あそこ

例

A：明日(あした)、銀河亭(ぎんがてい)で待(ま)ち合(あ)わせをしましょう。

B：＿＿その＿＿店(みせ)はどこにあるんですか。

1．キム：リーさん、牛丼(ぎゅうどん)を食(た)べたことがありますか。

リー：いいえ。＿＿＿＿＿＿はどんな食(た)べ物(もの)ですか。

キム：牛肉(ぎゅうにく)を煮(に)て、ごはんの上(うえ)にのせた日本(にほん)の料理(りょうり)ですよ。

2．A：隣(となり)のクラスの田中(たなか)さんを知(し)っていますか。

B：ええ、知(し)っていますよ。

A：最近(さいきん)、学校(がっこう)であまり見(み)ませんが、病気(びょうき)でしょうか。

B：ああ、＿＿＿＿＿＿人(ひと)は学校(がっこう)を辞(や)めて、アメリカに留学(りゅうがく)したそうですよ。

3．（午後6時　会社で）

A：いっしょにごはんを食べに行きませんか。

B：いいですよ。どこに行きましょうか。

A：この近くにある「トントン」はどうですか。

B：__________へは行ったことがありません。どんな店ですか。

A：焼肉のレストランです。

B：ああ、焼肉はちょっと…。

駅前のイタリア料理のレストランはどうですか。

A：「ナポリ」ですか。

B：ええ。

A：いいですね。__________のスパゲッティはおいしいですね。

B：ええ。じゃあ、「ナポリ」に行きましょう。

第29課
だい にじゅうきゅう か

お見舞い
み ま

単語
たん ご

1. はぎわらまゆみ	萩原真由美	萩原真由美（人名）
2. そちら［そこ］		那裡，那邊
3. にゅういんする	入院する	住院
4. しんぱいする	心配する	擔心
5. それで（どうしたの？）		所以，然後（怎麼了？）
6. えんどう	遠藤	遠藤（姓氏）
7. にしだ	西田	西田（姓氏）
8. くださる［くれる］		給（「くれる」的尊敬語）
9. クラスメート		同班同學
10. びっくりする		吃驚
11. にっき	日記	日記
12. ひさしぶり	久しぶり	相隔許久
13. ちゅうし	中止	中止，中斷
14. いただく［もらう］		收到，領受（「もらう」的謙讓語）
15. せんす	扇子	扇子
16. せんじつ	先日	前幾天
17. さしあげる［あげる］	差し上げる	給，贈給（「あげる」的謙讓語）
18. おくさん	奥さん	夫人，太太（對別人妻子的敬稱）

19.	こころぼそい	心細い	不安的，膽怯的
20.	まわり	周り	周圍，四周
21.	あんしんする	安心する	放心
22.	だいぶ		很，相當地
23.	さいじょうけいこ	西条敬子	西條敬子（人名）
24.	そろそろ		就要，快要
25.	りれきしょ	履歴書	履歷，履歷表
26.	うまい		高明的，好的
27.	うまくいく		（事情）進展順利
28.	まんいんでんしゃ	満員電車	滿載乘客的電車

【いろいろな表現（ひょうげん）】

1. 今（いま）、だいじょうぶ？　現在方便嗎？
2. あ、そうだわ。　啊，對了。
3. じゃあ、そろそろ失礼（しつれい）するわね。　那麼，差不多要告辭了。

本文1

西田先生が花をくださいました。

萩原真由美…日本語学校の先生。

ワン・シューミン…日本語学校で勉強している学生。学生会館に住んでいる。

（病院で）

萩原：ワンさん、こんにちは。

ワン：あ、先生。

萩原：今、だいじょうぶ？　食事は？

ワン：今、終わったところです。

　　　先生、どうぞそちらへ。

萩原：あ、ありがとう。具合はどう？

ワン：おかげさまで、もうだいぶよくなりました。

萩原：そう。それはよかった。でも、ワンさんが入院したって聞いて

　　　本当に心配したわ。

ワン：学生会館で急におなかが痛くなったんです。

萩原：それで？　一人で病院へ来たの？

ワン：いいえ、会館の遠藤先生といっしょに来ました。

萩原：そう。先生がいっしょでよかったわね。

ワン：はい。

萩原：あら、きれいな花ね。

ワン：西田先生がくださったんです。

文型 1

今(いま)、終(お)わったところです。

1）　先生(せんせい)：チンさんはいますか。

　ラフル：チンさんは今(いま)、帰(かえ)ったところです。

　先生(せんせい)：そうですか。

2）Ａ：このお菓子(かし)、おいしいですよ。いかがですか。

　Ｂ：ありがとうございます。でも、今(いま)、ごはんを食(た)べたところなので…。

3）　武(たけし)：遅(おく)れてごめん。待(ま)った？

　良子(よしこ)：ううん。私(わたし)も今(いま)、来(き)たところ。

文型 2

入院(にゅういん)したと聞(き)いて心配(しんぱい)しました。

最近(さいきん)、夜(よる)寝(ね)られなくて困(こま)っています。

1）昨日(きのう)、東京(とうきょう)スカイツリーで偶然(ぐうぜん)クラスメートに会(あ)ってびっくりしました。

2）（ワンさんの日記(にっき)）

　今日(きょう)は誕生日(たんじょうび)だった。マリーさんとリーさんにネックレスをもらって
　とてもうれしかった。

3）　チン：この前(まえ)の日曜日(にちようび)、幸子(さちこ)さんに会(あ)ったそうですね。

　マリー：ええ。久(ひさ)しぶりにいろいろな話(はなし)ができて楽(たの)しかったです。

4）Ａ：隣(となり)の部屋(へや)がうるさくて困(こま)っているんです。

　Ｂ：そうですか。それは大変(たいへん)ですね。

5）（メールで）

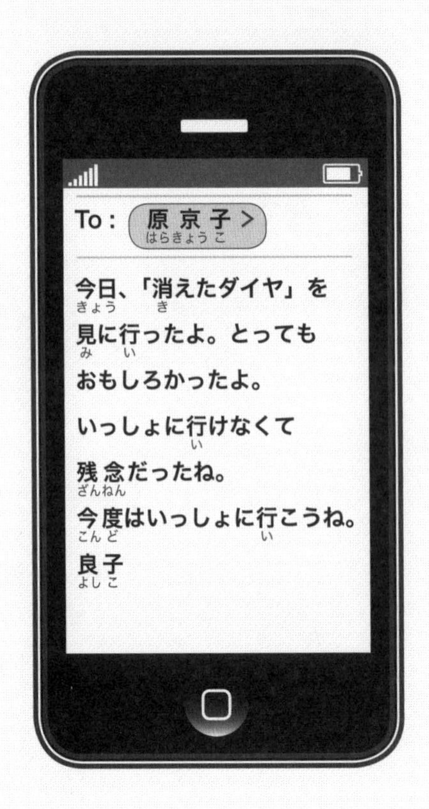

6）A：天気予報では雨だと言っていたけど、いい天気になったね。

　　B：本当だね。花火大会が中止にならなくてよかったね。

例のように言いましょう。

例）パーティー／いろいろな人とたくさん話ができる／楽しい

　　A：パーティーはどうでしたか。

　　B：いろいろな人とたくさん話ができて 楽しかったです。

　　A：そうですか。

1．京都／おいしい日本料理が食べられる／いい

2．ホームステイ／いろいろな所に連れて行ってもらう／楽しい

3．ディズニーランド／偶然国の友達に会う／びっくりする

4．フランス／言葉がぜんぜんわからない／困る

西田先生が(私に)花をくださいました。

(私は)西田先生に花をいただきました。

1）アルン：きれいな扇子ですね。

　ワン：ええ。京子さんのお母さんがくださったんです。

2）(良子さんの日記)

大家さんがりんごをくださった。甘くておいしいりんごだった。

3）先生：日曜日どこかへ遊びに行きましたか。

学生：ええ。寮の先生に映画のチケットをいただいたので、

友達を誘って見に行きました。

4）良子：大家さん、先日はどうもありがとうございました。

いただいたりんご、とてもおいしかったです。

大家：そう。それはよかった。

※　無料で差し上げます。

本文2

先生(せんせい)の奥(おく)さんが洗濯(せんたく)をしてくださいました。

萩原(はぎわら)：ところで、洗濯(せんたく)はどうしているの？

ワン：遠藤先生(えんどうせんせい)の奥(おく)さんがしてくださっているんです。

萩原(はぎわら)：そう。ワンさん、今(いま)、何(なに)か困(こま)っていることはない？

ワン：いいえ、今(いま)はだいじょうぶです。初(はじ)めはとても心細(こころぼそ)かったですが、

看護師(かんごし)さんや周(まわ)りの人(ひと)がみんな親切(しんせつ)なので…。

萩原(はぎわら)：そう。安心(あんしん)したわ。

ワン：だいぶよくなってきたので、いろいろな人(ひと)と日本語(にほんご)で話(はな)すようにしているんです。

萩原(はぎわら)：そう。

ワン：あ、先生(せんせい)、こちら、西条敬子(さいじょうけいこ)さんです。

日本語(にほんご)がわからない時(とき)は、

いつも教(おし)えていただいているんです。

萩原(はぎわら)：こんにちは。

ワンさんがお世話(せわ)になっています。

西条敬子(さいじょうけいこ)：いいえ。私(わたし)もワンさんといろいろな話(はなし)ができて楽(たの)しいです。

＊

萩原(はぎわら)：あ、そうだわ。これ、日本(にほん)の着物(きもの)の本(ほん)。

ワンさん、着物(きもの)が好(す)きでしょ。

ワン：わあ、きれいな写真(しゃしん)がたくさんありますね。

ありがとうございます。

萩原(はぎわら)：じゃあ、そろそろ失礼(しつれい)するわね。

ワン：先生(せんせい)、今日(きょう)は来(き)てくださって

どうもありがとうございました。

萩原(はぎわら)：いいえ。おだいじに。

先生(せんせい)の奥(おく)さんが洗濯(せんたく)をしてくださいました。

先生(せんせい)の奥(おく)さんに洗濯(せんたく)をしていただきました。

1）京子(きょうこ)：良子(よしこ)さんのお母(かあ)さんがおすしをごちそうしてくださいました。

2）（学生会館(がくせいかいかん)で）

　ラフル：先生(せんせい)、先日(せんじつ)はいいレストランを紹介(しょうかい)してくださって
　　　　　ありがとうございました。

　先生(せんせい)：いいえ。どうでしたか。

　ラフル：料理(りょうり)もお店(みせ)の雰囲気(ふんいき)もとってもよかったです。
　　　　　本当(ほんとう)にありがとうございました。

3）昨日(きのう)、萩原先生(はぎわらせんせい)に傘(かさ)を貸(か)していただきました。

4）萩原先生(はぎわらせんせい)：願書(がんしょ)の書(か)き方(かた)はわかりますか。

　チン：ええ。先週(せんしゅう)、西田先生(にしだせんせい)に教(おし)えていただいたので、だいじょうぶです。

例(れい)のように言(い)いましょう。

例(れい)）ケーキの作(つく)り方(かた)を教(おし)える／上手(じょうず)にできる

　A：先日(せんじつ)は、ケーキの作(つく)り方(かた)を教(おし)えてくださってありがとうございました。

　B：いいえ。上手(じょうず)にできましたか。

　A：はい。本当(ほんとう)にありがとうございました。

1．車(くるま)で駅(えき)まで送(おく)る／電車(でんしゃ)に間(ま)に合(あ)う

2．履歴書(りれきしょ)をみる／面接(めんせつ)はうまくいく

3．ゆかたの着方(きかた)を教(おし)える／一人(ひとり)で着(き)られるようになる

いろいろな人と日本語で話すようにしています。

1）作文が上手になりたいので、日本語で日記を書くようにしています。

2）A：健康のために、注意していることはありますか。

B：私は、休みの日にスポーツをするようにしています。

C：私は、お酒が好きなんですが、たくさん飲まないようにしています。

3）ラフル：リーさんはいつも早く学校へ来るんですね。

リー：ええ。満員電車に乗りたくないので、
早くうちを出るようにしているんです。

例のように、健康のために注意していることについて話しましょう。

例）

毎日8時間以上寝るようにしています。

肉を食べすぎないようにしています。

練習問題

I 文型1　例(れい)のように書(か)きなさい。

例　先生(せんせい)：マリーさんはいますか。

学生(がくせい)：いいえ、いません。今(いま)、＿帰(かえ)ったところ＿です。

（帰(かえ)る）

1．A：ケーキを買(か)って来(き)たんですが、食(た)べませんか。

B：ありがとうございます。でも、今(いま)、ごはんを＿＿＿＿＿＿＿＿ですから、

（食(た)べる）

後(あと)でいただきます。

2．A：宿題(しゅくだい)、終(お)わった？

B：うん、今(いま)、＿＿＿＿＿＿＿＿＿＿だよ。

（終(お)わる）

A：じゃあ、いっしょにカラオケに行(い)かない？

B：いいね。

II 文型2　例(れい)のように書(か)きなさい。

例

1）先生(せんせい)：ワンさんが入院(にゅういん)したと＿聞(き)いて＿心配(しんぱい)しました。

（聞(き)く）

2）最近(さいきん)、夜(よる)＿寝(ね)られなくて＿困(こま)っています。

（寝(ね)られる）

1．ラフル：落(お)とした財布(さいふ)が＿＿＿＿＿＿＿＿本当(ほんとう)によかったです。

（見(み)つかる）

2．昨日(きのう)、学校(がっこう)へ来(き)たら、誰(だれ)も＿＿＿＿＿＿＿＿びっくりしました。

（いる）

3．山本(やまもと)：英語(えいご)は上手(じょうず)になりましたか。

木村(きむら)：いいえ。＿＿＿＿＿＿＿＿＿＿困(こま)っているんです。

（上手(じょうず)になる）

4．A：昨日(きのう)のパーティーはどうでしたか。

B：いろいろな国(くに)の人(ひと)と＿＿＿＿＿＿＿＿＿＿楽(たの)しかったです。

（話(はなし)ができる）

III 文型3・4　正(ただ)しいものに〇をつけなさい。

1．京子(きょうこ)：おいしそうなりんごね。どうしたの？

良子(よしこ)：大家(おおや)さんが
- a．くださったの。
- b．いただいたの。

2. マリー：先日幸子さんに { a. くださった / b. いただいた } ケーキ、とってもおいしかったです。

どうもありがとうございました。

幸子：いいえ、どういたしまして。

3. 萩原先生が私の日本語の作文をみて { a. くださいました。 / b. いただきました。 }

4. 昨日、西田先生に本を貸して { a. くださいました。 / b. いただきました。 }

5. （病院で）

萩原：ワンさん、一人で病院に来たの？

ワン：いいえ。学生会館の遠藤先生が連れて来て { a. くださったんです。 / b. いただいたんです。 }

6. 幸子：日本の生活で何か困っていることはありませんか。

マリー：寮の先生や先輩がいろいろ教えて { a. くださる / b. いただく } ので、

だいじょうぶです。

IV 文型5 例のように書きなさい。

例 外で食事をすると高いので、自分で作るようにしています。

1. 私は健康のために、＿＿＿＿＿＿＿＿＿＿＿＿＿＿＿＿＿＿＿＿

2. 早く日本語が上手になりたいので、＿＿＿＿＿＿＿＿＿＿＿＿＿＿＿＿

第30課

もう少し召し上がりませんか。

単語

1. バーンタイ		班泰泰國餐廳（虛構店名）
2. わたなべ	渡辺	渡邊（姓氏）
3. (さん)めいさま	(3)名様	(3)位（先生／小姐）
4. (さん)めい	(3)名	(3)位
5. (予約を)とる	取る	取得（預約）
6. ささきゆみ	佐々木由美	佐佐木由美（人名）
7. にほんごきょうし	日本語教師	日語老師
8. それで[理由]		因此，所以[理由]
9. (渡辺)さま	様	(渡邊)先生，女士
10. なかなか		(不)容易，(不)輕易
11. まかせる	任せる	委託，託付，交給
12. ちゅうもんする	注文する	點餐，訂購
13. いらっしゃる[来る]		來(「来る」的尊敬語)
14. くち	口	口，嘴；口味，味覺
15. (口に)あう	合う	合口味
16. いただく[食べる]		吃(「食べる」的謙讓語)
17. ナプキン		餐巾
18. えんりょする	遠慮する	客氣
19. でぐち	出口	出口
20. なさる		做，辦(「する」的尊敬語)
21. めしあがる[飲む]	召し上がる	喝(「飲む」的尊敬語)

22.	ごらんになる［見(み)る］	ご覧になる	看（「見る」的尊敬語）
23.	おいでになる［行(い)く］		去（「行く」的尊敬語）
24.	おいでになる［来(く)る］		來（「来る」的尊敬語）
25.	おいでになる［いる］		在，有（「いる」的尊敬語）
26.	おっしゃる［言(い)う］		說，講（「言う」的尊敬語）
27.	ごぞんじ［知(し)る］	ご存じ	知道（「知る」的尊敬語）
28.	ゼミりょこう	ゼミ旅行	研討會旅遊
29.	（電話(でんわ)を）かける		打（電話）
30.	ばんごう	番号	號碼
31.	（いすに）かける		坐（在椅子上）
32.	いたす［する］		做，辦（「する」的謙讓語）
33.	いただく［飲(の)む］		喝（「飲む」的謙讓語）
34.	はいけんする［見(み)る］	拝見する	看（「見る」的謙讓語）
35.	まいる［行(い)く］	参る	去（「行く」的謙讓語）
36.	まいる［来(く)る］	参る	來（「来る」的謙讓語）
37.	おる［いる］		在，有（「いる」的謙讓語）
38.	ぞんじる［知(し)る］	存じる	知道（「知る」的謙讓語）
39.	きょうむか	教務課	教務處
40.	きっぷうりば	切符売場	售票處
41.	ペン		筆

【いろいろな表現(ひょうげん)】

1.	いつのご予約(よやく)でしょうか。	您要預約什麼時候？
2.	お待(ま)たせいたしました。	讓您久等了。
3.	お口(くち)に合(あ)ってよかったです。	合您的口味，太好了。
4.	おじゃまします。	打擾了。

本文１

少々お待ちください。

店員：お電話ありがとうございます。

　　　バーンタイです。

渡辺：予約をお願いしたいんですが。

店員：はい。いつのご予約でしょうか。

渡辺：２９日の夜７時です。

店員：何名様ですか。

渡辺：３名です。

店員：２９日の夜７時から３名様ですね。

　　　少々お待ちください。

渡辺：はい。

＊

店員：お待たせいたしました。

　　　お取りできますので、お名前とお電話番号をお願いします。

渡辺：はい。渡辺と申します。

　　　電話番号は、080-5283-67XX です。

店員：渡辺様、お電話番号は 080-5283-67XX ですね。

渡辺：はい。

店員：それでは２９日、夜７時、３名様ですね。お待ちしています。

　　　ありがとうございました。

本文2

タイへいらっしゃるんですか。

渡辺教授…45歳。大学院で経済学を教えている。男性。

佐々木由美…30歳。日本語教師。女性。

アルン・アマラポーン…25歳。タイから来た留学生。大学院で経済学を勉強している。

（駅で）

渡辺：佐々木さん、こちらアルンさん。

佐々木：はじめまして。佐々木です。
どうぞよろしく。

アルン：はじめまして。アルン・アマラポーンです。
よろしくお願いします。

渡辺：アルンさん、佐々木さんは今年の9月からタイで日本語を教えるんです。

アルン：タイへいらっしゃるんですか。

佐々木：ええ、そうなんです。それで、今日はアルンさんにいろいろ
お聞きしたいと思っているんです。

（タイ料理のレストランで）

ウエートレス：いらっしゃいませ。

渡辺：7時から3名で予約した渡辺です。

ウエートレス：渡辺様ですね。どうぞ、こちらへ。

（メニューを見(み)ながら）

渡辺(わたなべ)：どれもおいしそうですね。

佐々木(ささき)：ええ。なかなか決(き)められませんね。

渡辺(わたなべ)：アルンさん、何(なに)かおすすめはありますか。

アルン：あのう、お二人(ふたり)は、苦手(にがて)な物(もの)はありませんか。

佐々木(ささき)：ありません。

渡辺(わたなべ)：私(わたし)も大丈夫(だいじょうぶ)です。アルンさんに任(まか)せますから、注文(ちゅうもん)してください。

アルン：はい、わかりました。

*

佐々木(ささき)：アルンさんはいつ日本(にほん)にいらっしゃったんですか。

アルン：去年(きょねん)の4月(がつ)です。

佐々木(ささき)：そうですか。

アルン：あのう、佐々木(ささき)さんはタイにいらっしゃったことがありますか。

佐々木(ささき)：いいえ、ないんです。

アルン：そうですか。

本文3

サラダ、お取(と)りしましょうか。

佐々木(ささき)：おいしいですね、タイ料理(りょうり)は。

アルン：お口(くち)に合(あ)ってよかったです。

これ、もう少(すこ)し召(め)し上(あ)がりませんか。

佐々木(ささき)：いただきます。

あの、すみませんが、

ナプキンを取(と)っていただけませんか。

アルン：はい、どうぞ。

先生(せんせい)もお使(つか)いになりますか。

渡辺(わたなべ)：あ、ありがとう。

アルン：先生(せんせい)、サラダ、お取(と)りしましょうか。

渡辺(わたなべ)：ありがとう。アルンさんも遠慮(えんりょ)しないで食(た)べてください。

アルン：はい。

あ、佐々木(ささき)さん、私(わたし)、タイのガイドブックを持(も)って来(き)たんですが、

お貸(か)ししましょうか。

佐々木(ささき)：ありがとうございます。お借(か)りします。

（出口(でぐち)で）

佐々木(ささき)：今日(きょう)はアルンさんとお話(はな)しできて、本当(ほんとう)によかったです。

アルン：私(わたし)もとても楽(たの)しかったです。

渡辺(わたなべ)：アルンさん、今日(きょう)は本当(ほんとう)にどうもありがとう。

アルン：いいえ、こちらこそ。

ごちそうさまでした。

じゃ、私(わたし)はここで失礼(しつれい)します。

佐々木(ささき)：失礼(しつれい)します。

タイへいらっしゃるんですか。

尊敬語(そんけいご)

聞(き)く　　聞(き)きます　→　お聞(き)きになります

使(つか)う　　使(つか)います　→　お使(つか)いになります

＜特別(とくべつ)な形(かたち)がある動詞(どうし)＞

辞書形(じしょけい)	尊敬語(そんけいご)
する	なさる （なさいます）
〜する 結婚(けっこん)する 電話(でんわ)する	ご／お〜なさる （ご／お〜なさいます） ご結婚(けっこん)なさる （ご結婚(けっこん)なさいます） お電話(でんわ)なさる （お電話(でんわ)なさいます）
食(た)べる 飲(の)む	召(め)し上(あ)がる （召(め)し上(あ)がります）
見(み)る	ご覧(らん)になる （ご覧(らん)になります）
行(い)く 来(く)る いる	いらっしゃる （いらっしゃいます） おいでになる （おいでになります）
言(い)う	おっしゃる （おっしゃいます）
知(し)る	ご存(ぞん)じだ （ご存(ぞん)じです）
〜ている	〜ていらっしゃる （〜ていらっしゃいます）

1）A：お読(よ)みになりますか。
　　B：はい。

2）ウエートレス：たばこをお吸(す)いになりますか。
　　　　　客(きゃく)：いいえ。

3）学生(がくせい)：西田先生(にしだせんせい)はいらっしゃいますか。
　　先生(せんせい)：いいえ、今(いま)、いません。
　　　　　隣(となり)の部屋(へや)で会議(かいぎ)をしていますよ。

4）教授(きょうじゅ)：何(なに)を見(み)ているんですか。
　　学生(がくせい)：この間(あいだ)のゼミ旅行(りょこう)の写真(しゃしん)です。先生(せんせい)もご覧(らん)になりませんか。

5）リー：先生(せんせい)、マリーさんに電話(でんわ)をかけたいんですが、番号(ばんごう)をご存(ぞん)じですか。
　　先生(せんせい)：ええ、知(し)っていますよ。

例(れい)のように言(い)いましょう。

例(れい)）学生(がくせい)：先生(せんせい)はたばこをお吸(す)いになりますか。
　　　先生(せんせい)：いいえ、吸(す)いません。

たばこを吸(す)う／いいえ

1．お酒(さけ)を飲(の)む／はい
2．よく映画(えいが)を見(み)る／いいえ
3．スポーツをする／いいえ
4．よく旅行(りょこう)をする／はい
5．次(つぎ)の休(やす)みにどこかへ行(い)く／いいえ

☆敬語(けいご)を使(つか)って、目上(めうえ)の人(ひと)に質問(しつもん)してみましょう。

文型 2

お待（ま）ちください。

待（ま）つ → 待（ま）ちます → お待（ま）ちください

1）店員（てんいん）：どうぞお使（つか）いください。

　　客（きゃく）：ありがとう。

2）A：どうぞおかけください。

　　B：失礼（しつれい）します。

3）店員（てんいん）：こちらにお並（なら）びください。

4）A：どうぞお上（あ）がりください。

　　B：おじゃまします。

5）ご自由（じゆう）にお取（と）りください。

※　どうぞ召（め）し上（あ）がってください。

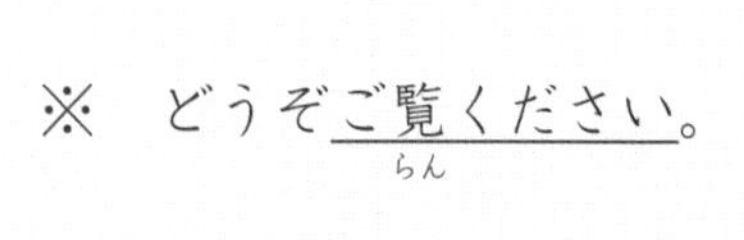

※　どうぞご覧（らん）ください。

練習b

絵(え)を見(み)て例(れい)のように言(い)いましょう。

例(れい)） A：どうぞお使(つか)いください。

　　B：ありがとう。

使(つか)う／ありがとう

1．上(あ)がる／おじゃまします

2．座(すわ)る／どうもありがとう

3．入(はい)る／失礼(しつれい)します

4．見(み)る／ありがとうございます

5．食(た)べる／いただきます

お借(か)りします。

謙譲語(けんじょうご)

撮(と)る　　撮(と)ります　→　お撮(と)りします

持(も)つ　　持(も)ちます　→　お持(も)ちします

＜特別(とくべつ)な形(かたち)がある動詞(どうし)＞

辞書形(じしょけい)	謙譲語(けんじょうご)
～する 案内(あんない)する 電話(でんわ)する	ご／お～する ご／お～いたす ご案内(あんない)する　／いたす （ご案内(あんない)します／いたします） お電話(でんわ)する　／いたす （お電話(でんわ)します／いたします）
食(た)べる 飲(の)む	いただく （いただきます）
見(み)る	拝見(はいけん)する （拝見(はいけん)します）
聞(き)く	伺(うかが)う （伺(うかが)います）
行(い)く	伺(うかが)う （伺(うかが)います） 参(まい)る （参(まい)ります）
来(く)る	参(まい)る （参(まい)ります）
いる	おる （おります）
言(い)う	申(もう)す （申(もう)します）
知(し)る	存(ぞん)じる （※存(ぞん)じております）
～ている	～ておる （～ております）

1）先生：すみません、

誰か荷物を持ってくれませんか。

学生：あ、私がお持ちします。

2）A：お取りしましょうか。

B：ありがとうございます。

3）（チンさんからホストファミリーへの手紙）

みなさんで、ぜひ台湾へ いらっしゃってください。

台湾には いい所が たくさんあるので、私が

ご案内します。

4）（教務課で）

A：ちょっと伺いたいんですが…。

B：はい。

A：渡辺教授の研究室はどちらですか。

B：３階です。

A：どうも。

5）アルン：ワイン、

もう少し召し上がりませんか。

佐々木：いただきます。

6）（映画館の切符売場で）

客：学生１枚ください。

店員：はい。学生証を拝見します。

7）社員：明日、何時に伺いましょうか。

客：１０時に来てください。

社員：はい、わかりました。

8）（会社で）

私はサラ・マリーノと申します。イタリアから参りました。
日本の会社で仕事をするのは初めてなので、わからないことが
多いと思いますが、どうぞよろしくお願いします。

練習C

絵を見て例のように言いましょう。

例）<u>お持ち</u>しましょうか。

持つ

1．手伝う

2．取る

3．貸す

文型4

ナプキンを取(と)っていただけませんか。

1）A：すみませんが、

写真(しゃしん)を撮(と)っていただけませんか。

B：いいですよ。

2）A：すみませんが、

ペンを貸(か)していただけませんか。

B：はい、どうぞ。

※　すみませんが、ナプキンを取(と)ってくださいませんか。

練習d

絵(え)を見(み)て例(れい)のように言(い)いましょう。

例(れい)）すみませんが、

ナプキンを取(と)っていただけませんか。

ナプキンを取(と)る

1．窓(まど)を閉(し)める

2．もう一度(いちど)言(い)う

3．この漢字(かんじ)の読(よ)み方(かた)を教(おし)える

練習問題

Ⅰ 文型1・2　絵を見て例のように書きなさい。

例　どうぞ＿お使い＿ください。

1.

どうぞ＿＿＿＿＿＿＿＿＿＿ください。

2.

どうぞ＿＿＿＿＿＿＿＿＿＿ください。

3.

どうぞ＿＿＿＿＿＿＿＿＿＿ください。

4.

どうぞ＿＿＿＿＿＿＿＿＿＿ください。

5.

すみませんが、

こちらで＿＿＿＿＿＿＿＿＿＿ください。

II 文型2·3 正(ただ)しいものに○をつけなさい。

1. 学生(がくせい)：先生(せんせい)はビールを
   - a. 飲(の)みますか。
   - b. 召(め)し上(あ)がりますか。
   - c. いただきますか。

   先生(せんせい)：はい、ときどき飲(の)みます。

2. 学生(がくせい)：先生(せんせい)、ワンさんの住所(じゅうしょ)を
   - a. 知(し)っていますか。
   - b. 存(ぞん)じていますか。
   - c. ご存(ぞん)じですか。

   先生(せんせい)：ええ、知(し)っていますよ。

3. 客(きゃく)：このナイフとフォークをください。

   店員(てんいん)：プレゼントですか。

   おうちで
   - a. 使(つか)いますか。
   - b. お使(つか)いになりますか。
   - c. お使(つか)いしますか。

   客(きゃく)：
   - a. うちで使(つか)います。
   - b. うちでお使(つか)いになります。
   - c. うちでお使(つか)いします。

4. ウエートレス：おたばこを
   - a. 吸(す)いますか。
   - b. お吸(す)いになりますか。
   - c. お吸(す)いしますか。

   客(きゃく)：いいえ、
   - a. 吸(す)いません。
   - b. お吸(す)いになりません。
   - c. お吸(す)いしません。

5．

社員：明日、何時に
- a．伺いましょうか。
- b．お行きしましょうか。
- c．いらっしゃいましょうか。

客：10時に
- a．伺ってください。
- b．お来になってください。
- c．来てください。

社員：じゃ、10時に
- a．お行きします。
- b．いらっしゃいます。
- c．参ります。

Ⅲ 文型4　絵を見て例のように書きなさい。

1）写真を撮っていただけませんか。

2）お持ちしましょうか。

1．

____

2．

____

3.

____

4.

____

Ⅳ 文型2・3 正(ただ)しいものに○をつけなさい。

西田先生(にしだせんせい)

4時(じ)ごろ { a. いらっしゃいました / b. 参(まい)りました } が、

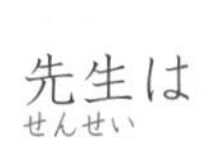

先生(せんせい)は { a. いらっしゃいませんでした。 / b. おりませんでした。 }

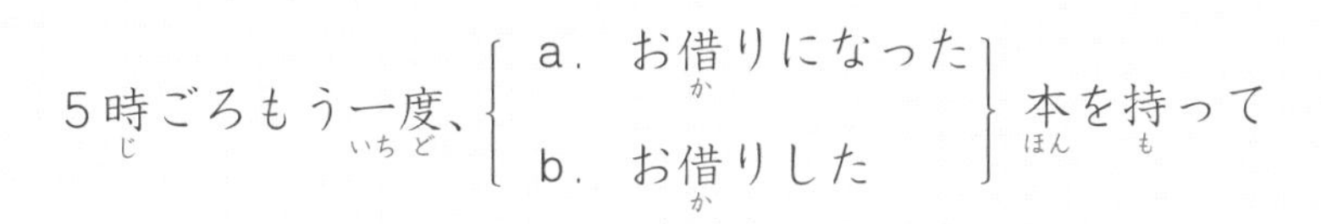

5時(じ)ごろもう一度(いちど)、{ a. お借(か)りになった / b. お借(か)りした } 本(ほん)を持(も)って

研究室(けんきゅうしつ)に { a. いらっしゃいます。 / b. 参(まい)ります。 }

6月1日(ろくがつついたち)

チン　コウリョウ

お祭り

単語

1.	まつり／おまつり	（お）祭り	廟會，祭典
2.	みこし／おみこし		神轎
3.	あべ	安部	安部（姓氏）
4.	むり（かもしれない）	無理	（也許）不可能
5.	きかせる	聞かせる	讓……聽，告訴
6.	あき	秋	秋天，秋季
7.	じんじゃ	神社	神社
8.	たいこ	太鼓	鼓，大鼓
9.	じこ	事故	事故
10.	おんなのこ	女の子	女孩
11.	よんでくる	呼んで来る	叫來
12.	はんにん	犯人	犯人
13.	せつめいかい	説明会	說明會
14.	スケート		溜冰，滑冰
15.	スケート（を）する		溜冰，滑冰
16.	スキーきょうしつ	スキー教室	滑雪教室
17.	たかおさん	高尾山	高尾山
18.	やまのぼり	山登り	爬山
19.	ケーブルカー		纜車
20.	かいさつ	改札	剪票
21.	かんだえき	神田駅	神田車站
22.	まちがえる	間違える	搞錯
23.	はんたいほうこう	反対方向	反方向
24.	あわてる		慌張
25.	あやまる	謝る	道歉

26.	せっかく		特意地，難得
27.	すばらしい		出色的，極佳的
28.	かんどうする	感動する	感動
29.	でみせ	出店	攤販
30.	やきそば	焼きそば	炒麵
31.	かきごおり	かき氷	刨冰
32.	ふむ	踏む	踩，踏
33.	こぼす		灑，溢出
34.	りょこうかばん	旅行かばん	旅行包
35.	いっしょうけんめい	一生懸命	拼命，努力
36.	ちこくする	遅刻する	遲到
37.	みえる	見える	看見，看得見
38.	ゆうめい	有名	有名的
39.	しかる	叱る	叱責，責備
40.	せなか	背中	背，後背
41.	（テストが）わるい	悪い	（考試）不好的，不佳的
42.	なく	泣く	哭，哭泣
43.	ほめる		讚美，表揚
44.	かんこうきゃく	観光客	遊客，觀光客
45.	かむ		咬，嚼
46.	か	蚊	蚊子
47.	さす	刺す	叮，螫；刺，扎
48.	どろぼう		小偷，竊賊
49.	（財布を）とる		拿，取，偷（錢包）
50.	えさ		飼料
51.	（えさを）やる		餵（飼料）

【いろいろな表現】

1. （お祭りの話、）聞かせてくださいね。 請告訴我（祭典的事情）。
2. それは大変でしたね。 那真是不得了呢！
3. 本当にどうもすみませんでした。 真的非常抱歉。

本文1

最近、忙しいみたいですよ。

（鈴木さんのうちで）

鈴木一郎：チンさん、次の週末は何か予定がありますか。

チン：いいえ。まだ決めていませんが…。

一郎：じゃ、お祭りがあるんですが、行きませんか。

チン：いいですね。どこであるんですか。

一郎：浅草です。この雑誌にいろいろ書いてありますよ。

チン：へえ、今度の土曜日と日曜日ですね。

あ、でも、土曜日は

アルバイトがあるんです。

一郎：そうですか。

じゃ、日曜日に行きましょう。

チン：ええ。

この写真、おみこしですよね。

見るのが楽しみだなあ。

あ、安部さんも誘いませんか。

一郎：いいですね。

でも、最近、忙しいみたいですよ。

先週の週末も会社で仕事をしたって言っていましたから。

チン：大変ですね。

ちょっと無理かもしれませんが、電話してみます。

（電話で）

チン：もしもし、安部さんですか。チンですけど…。

安部：チンさん、こんにちは。元気ですか。

チン：はい。あのう、今、一郎さんと話していて、今度の日曜日にお祭りを見に行くことにしたんです。よかったら安部さんもいっしょに行きませんか。

安部：お祭りですか…。いいですね。でも、日曜日はちょっと仕事があって行けないなあ。

チン：そうですか。

安部：今度、お祭りの話、聞かせてくださいね。

チン：はい。じゃ、失礼します。

文型 1 → 好像

どうも｛普通形 V/A ようです
NAな/Nの
まるで Nのようです

最近、忙しい ｛ようです。
みたいです。

基本体 ＋ ｛**ようです**
みたいです

な形容詞（現在）	**好きなようです**
	好きみたいです
名詞（現在）	**迷子のようです**
	迷子みたいです

1）　チン：日本ではよくお祭りをするんでしょうか。

アルン：そうですね。夏と秋によくするようですよ。
神社や公園から太鼓の音が聞こえますから。

2）Ａ：何(なに)かあったんでしょうか。

Ｂ：事故(じこ)があったみたいですよ。

警察官(けいさつかん)がいますから。

3）（放課後(ほうかご)　教室(きょうしつ)で）

先生(せんせい)：ワンさんはもう帰(かえ)りましたか。

学生(がくせい)：コートがあるから、まだ帰(かえ)っていないみたいです。

先生(せんせい)：そうですか。

4）西村(にしむら)：アルンさんはどこですか。

山田(やまだ)：図書館(としょかん)に行(い)くと言(い)っていましたよ。

西村(にしむら)：そうですか。アルンさんはよく図書館(としょかん)に行(い)きますね。

山田(やまだ)：ええ。本(ほん)を読(よ)むのが好(す)きなようですね。

5）（デパートで）

Ａ：あの女(おんな)の子(こ)、迷子(まいご)のようですよ。

Ｂ：そうですね。

店員(てんいん)さんを呼(よ)んで来(き)ます。

練習a

部屋(へや)で事件(じけん)がありました。絵(え)を見(み)て、「ようです／みたいです」を使(つか)って話(はな)しましょう。

- 犯人(はんにん)はどんな人(ひと)でしょうか。
- 犯人(はんにん)はこの部屋(へや)で何(なに)をしたんでしょうか。

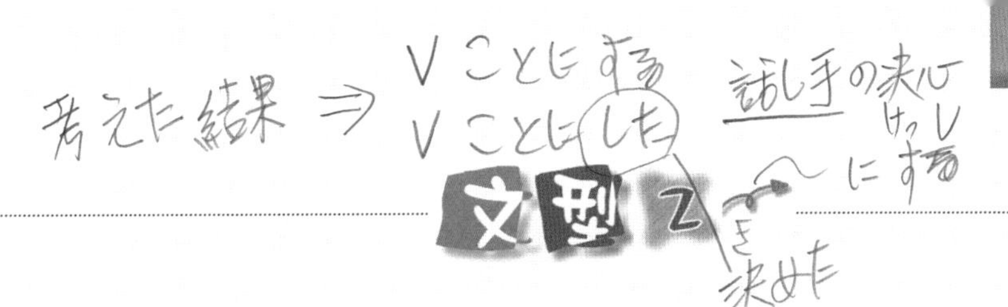

文型 2

お祭りを見に行くことにしました。

1）　先生：ラフルさんはもう進路を決めましたか。

　ラフル：はい。先週、説明会に行って、ふじ観光専門学校を受けることにしました。

2）　ワン：日曜日、みんなでボウリングに行くんですけど、いっしょに行きませんか。

　マリー：行きたいけど、私はボウリングをしたことがないんです。

　ワン：だいじょうぶですよ。アルンさんが教えてくれますよ。

　マリー：そうですか。じゃ、私も行くことにします。

3）　リー：日曜日のボウリング、マリーさんも行きますか。

　マリー：はい、行きます。ちょっと迷ったんですが、行くことにしました。

練習 b

例のように言いましょう。

例）スケート／スケートはしたことがない／田中さんが教えてくれる

　A：週末、スケートに行きませんか。

　B：スケートはしたことがないので…。

　A：だいじょうぶですよ。田中さんが教えてくれますよ。

　B：そうですか。じゃ、行くことにします。

1．スキー／スキーはしたことがない／スキー教室がある

2．カラオケ／日本語の歌は歌えない／いろいろな国の歌がある

3．高尾山／山登りは大変そう／ケーブルカーもある

本文2

遅くなってすみません。

（駅の改札で）

チン：遅くなってすみません。

一郎：いいえ。でも、どうしたんですか。

チン：すみません。神田駅で間違えて、反対方向へ行く地下鉄に乗ってしまったんです。

一郎：そうですか。

チン：あわてて次の駅で降りたんですが、次の電車がすぐに来なくて…。それに、携帯を忘れてしまって、電話できなかったんです。

一郎：それは大変でしたね。

チン：本当にどうもすみませんでした。

一郎：いいえ。さあ、行きましょう。

謝り方

まず謝る

次に理由を説明する

最後にもう一度謝る

「遅くなってすみません。」

「反対方向へ行く電車に乗ってしまって…。」

「本当にどうもすみませんでした。」

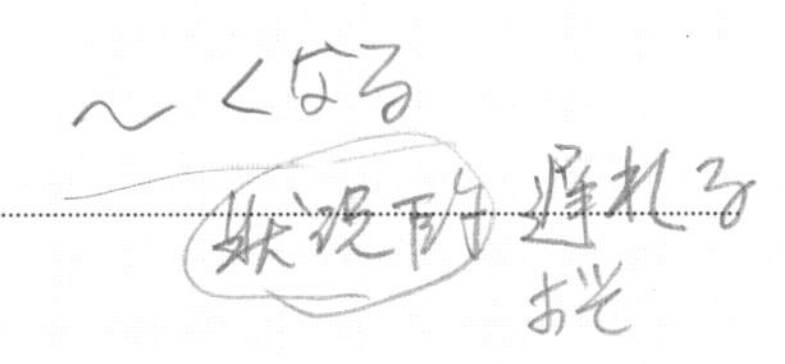

例のように言いましょう。

例）反対方向へ行く電車に乗る／次の駅で降りる／電車がすぐに来ない

A：遅くなってすみません。

B：いいえ。でも、どうしたんですか。

A：反対方向へ行く電車に乗ってしまったんです。

B：そうですか。

A：次の駅で降りたんですが、電車がすぐに来なくて…。

B：それは大変でしたね。

A：本当にどうもすみませんでした。

1．財布を忘れる／取りに帰る／すぐに見つからない

2．駅の出口を間違える／駅員さんに聞く／よくわからない

3．事故で電車が止まる／タクシーに乗る／道が込んでいる

本文3

駅(えき)に着(つ)いたら、もう人(ひと)がおおぜいいました。

（喫茶店(きっさてん)で）

安部(あべ)：この前(まえ)は、せっかく誘(さそ)ってもらったのに、すみませんでした。

チン：いいえ。

安部(あべ)：お祭(まつ)りはどうでしたか。

チン：とってもおもしろかったです。

　　おみこしがすばらしかったです。感動(かんどう)しました。

安部(あべ)：そうですか。

チン：それから、出店(でみせ)がたくさんあってにぎやかでした。

安部(あべ)：何(なに)か買(か)いましたか。

チン：ええ。焼(や)きそばやかき氷(ごおり)を買(か)って食(た)べました。おいしかったですよ。

安部(あべ)：よかったですね。

チン：でも、すごい人(ひと)でした。駅(えき)に着(つ)いたら、もう人(ひと)がおおぜいいました。

安部(あべ)：ああ、浅草(あさくさ)のお祭(まつ)りは人気(にんき)がありますからね。

チン：街(まち)の中(なか)はどこも人(ひと)でいっぱいでした。おみこしを見(み)ている間(あいだ)に、

　　後(うし)ろの人(ひと)に押(お)されたり、隣(となり)の人(ひと)に足(あし)を踏(ふ)まれたりしました。

安部(あべ)：それは大変(たいへん)でしたね。

チン：それに、一郎(いちろう)さんも子供(こども)にジュースをこぼされてしまったんです。

安部(あべ)：そうですか。

チン：でも、楽(たの)しい一日(いちにち)でした。おみこしを見(み)たり、出店(でみせ)で買(か)い物(もの)をしたり…。

安部(あべ)：よかったですね。今度(こんど)はぜひいっしょに行(い)きましょう。

チン：ええ、そうしましょう。

文型3

せっかく誘ってもらったのに、行けませんでした。

基本体　＋　のに

な形容詞（現在）　　きれいなのに

名詞（現在）　　学生なのに

1）新しい旅行かばんを買ったのに、かぜをひいて旅行に行けませんでした。

2）京子：良子さん、料理は上手になった？

　　良子：一生懸命練習しているのに、上手にならないの。

3）良子：せっかく作ったのに、どうして食べないの？

　　武：…。

4）A：このテーブル、まだきれいなのに捨てるんですか。

　　B：ええ。新しいのを買ったので、置く所がなくなったんです。

5）A：よくテニスをするんですか。

　　B：いいえ。初めてです。

　　A：本当ですか。初めてなのに上手ですね。

文型4

駅に着いたら、もう人がおおぜいいました。

1）デパートへ行ったら、休みでした。

2）マリー：今朝、学校へ来るのが遅かったね。どうしたの？

　　ラフル：朝起きたら、9時だったんだ。あわてて準備して来たんだけど、遅刻しちゃった。

3）チン：指、どうしたんですか。

　　一郎：久しぶりに料理をしたら、切ってしまったんです。

4）キム：昨日、空港に着いたら、すごい人だったんです。

　　リー：何かあったんですか。

　　キム：よく見えなかったんですが、有名な俳優がいたみたいです。

文型5

後(うし)ろの人(ひと)に 押(お)されました。

受身形(うけみけい)

グループ1	言(い)う	→	言(い)われる	（わ　い　う　え　お）
	呼(よ)ぶ	→	呼(よ)ばれる	（ば　び　ぶ　べ　ぼ）
	叱(しか)る	→	叱(しか)られる	（ら　り　る　れ　ろ）
グループ2	見(み)る	→	見(み)られる	
	食(た)べる	→	食(た)べられる	
グループ3	する	→	される	
	来(く)る	→	来(こ)られる	

1）窓(まど)ガラスを割(わ)って、先生(せんせい)に叱(しか)られました。

2）日曜日(にちようび)なのに、母(はは)に朝早(あさはや)く起(お)こされました。

3）子供(こども)にカメラを壊(こわ)されてしまいました。

4）ラフル：今朝、遅かったですね。どうしたんですか。

マリー：事故で電車が遅れたんです。満員だったので、電車の中で足を踏まれたり、背中を押されたりして、本当に大変でした。

5）ゆうべ帰る時、雨に降られました。

6）A：どうしたんですか。

B：テストが悪かったんです。ゆうべ友達に来られて、勉強できなかったんです。

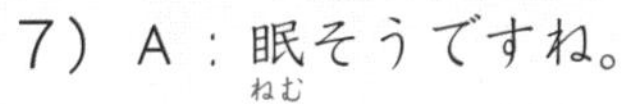

7）A：眠そうですね。

B：ええ。夜、子供に泣かれて、寝られなかったんですよ。

※　先生にほめられて、とてもうれしかったです。

※　観光客に道を聞かれたので、教えてあげました。

練習d

絵を見て例のように言いましょう。

例）A：そこ、どうしたんですか。

　　B：子供にジュースをこぼされたんです。

子供／ジュースをこぼす

1．子供／汚す

2．犬／かむ

3．蚊／刺す

4．電車の中で隣の人／踏む

練習e

例のように、今までにされていやだったことを受身形を使って話しましょう。

例）去年、どろぼうに財布をとられました。

練習 f

絵を見て例のように言いましょう。

例）A：どうしたんですか。

B：<u>妹にまんがを貸したら</u>、<u>汚されて</u>しまったんです。

妹にまんがを貸す／汚す

1．弟にゲームを貸す／壊す

2．妹にイヤリングを貸す／なくす

3．隣の家の犬にえさをやる／手をかむ

練習問題

I 文型1 絵(え)を見(み)て例(れい)のように書(か)きなさい。

例 A：何(なに)かあったんでしょうか。

B：事故(じこ)が＿あった＿みたいですよ。

（ある）

1．A：どうしたんですか。

B：有名(ゆうめい)な俳優(はいゆう)が＿いった＿みたいです。

（いる）

黒山の人だかり
くろやま

2．A：あれ？　道(みち)がぬれていますね。

B：雨(あめ)が＿降った＿ようですね。

（降(ふ)る）

3．A：隣(となり)のうちにおみやげを持(も)って行(い)きましょう。

B：うん。でも、暗(くら)いから、まだ＿帰っていない＿みたいだよ。

（帰(かえ)る）

II 文型2 例のように「〜ことにする」「〜ことにした」を使って書きなさい。

例

チン：マリーさん、鈴木さんのうちのパーティーに何を持って行きますか。

マリー：私は国の料理を作って、持って行くことにしました。

チンさんは？

チン：私は何を持って行くか迷っているんです。

マリー：そうですか。果物か飲み物はどうですか。

チン：いいですね。じゃ、果物を持って行くことにします。

1．田中：冬休み、国に帰りますか。

パク：いいえ。日本で旅行をしたいので、

帰らないことに

2．A：冬休み、いっしょにスキーに行きませんか。

B：ありがとう。でも、冬休みは

アルバイトをすることにんです。

A：そうですか。でも、2日だけですよ。

みんな行くから、行きましょうよ。

B：そうですね…。じゃ、いくことにします

Ⅲ 文型3　正(ただ)しいものに○をつけなさい。

1．一生懸命(いっしょうけんめい)ギターの練習(れんしゅう)をしているのに、
- a．上手(じょうず)になりません。
- b．上手(じょうず)になります。
- c．上手(じょうず)になりました。

2．クーラーをつけたのに、
- a．涼(すず)しくなりました。
- b．涼(すず)しいです。
- c．涼(すず)しくなりません。

冷氣

3．A：今日(きょう)、初(はじ)めてスキーをしました。

B：え、本当(ほんとう)ですか。

初(はじ)めてなのに、
- a．上手(じょうず)ですね。
- b．上手(じょうず)になりませんね。
- c．上手(じょうず)じゃありませんね。

4．朝(あさ)、ここに教科書(きょうかしょ)を置(お)いたのに、教科書(きょうかしょ)が
- a．あります。
- b．ありません。
- c．ありました。

結果不一樣

料理の腕が上が

技術面

腕前

うでまえ

Ⅳ 文型4　絵を見て例のように書きなさい。

例　デパートに＿行ったら＿、休みでした。

1. デパートに＿バーゲンセール＿、友達に会いました。

行ったら
冬物売りつくしセール
ふゆものう

2. 久しぶりにスポーツを＿したら＿、体が痛くなってしまいました。

3. 薬を＿飲んたら＿、眠くなってしまいました。

V 文型5　表(ひょう)を完成(かんせい)させなさい。

辞書形(じしょけい)	グループ	受身形(うけみけい)	辞書形(じしょけい)	グループ	受身形(うけみけい)
使(つか)う	1	使われる	聞(き)く	1	聞かれる
見(み)る	✗ 2	見られる	する	3	される
踏(ふ)む	1	踏まれる	叱(しか)る	1	叱られる
割(わ)る	1	割られる	呼(よ)ぶ	1	呼ばれる
騒(さわ)ぐ	1	騒がれる	捨(す)てる	2	すてられます
汚(よご)す	1	汚される	来(く)る	3	来られる

間違ってゴミと一緒に素敵とけ(時)を捨てられました
↓
残念を気持ち

VI 文型5　例(れい)のように受身形(うけみけい)を使(つか)って書(か)きなさい。

> 例　子供(こども)の時(とき)、よく両親(りょうしん)＜　に　＞叱(しか)られました。
> （叱(しか)る）

1. 子供(こども)＜ に ＞ジュースを こぼされました
（こぼす）

2．ゆうべ雨(あめ)< に >＿降られ＿＿＿て、かぜをひいてしまいました。

（降(ふ)る）

3．犬(いぬ)< に >手(て)を＿かまれ＿＿＿たことがあります。

（かむ）

4．電車(でんしゃ)の中(なか)で、後(うし)ろの人(ひと)< に >＿押され＿＿＿たり、

（押(お)す）

足(あし)を＿踏まれ＿＿＿たりしました。

（踏(ふ)む）

単語（たんご）

1.	しみず		
2.	あんないがかり		
3.	けんがくが		
4.	インスタントラーメン		
5.	たんじょうする		
6.	しょうわ		
7.	このとき		
8.	ふくろめん		
9.	カップめん		
10.	ゆしゅつする	輸出する	
11.	そのご	その後	其後，之後
12.	せいさんする	生産する	生產
13.	せかいじゅう	世界中	全世界
14.	こうじょう	工場	工廠
15.	けんがくする	見学する	見習，參觀
16.	おねがい	お願い	請求
17.	しゃしんさつえい	写真撮影	拍照，攝影
18.	こむぎこ	小麦粉	麵粉
19.	しお	塩	鹽，食鹽
20.	ミキサー		攪拌機；果汁機
21.	まぜる	混ぜる	混合，調合；攪拌
22.	きかい	機械	機械
23.	のばす		伸展；擴展
24.	(いち)ミリ	(1)mm	(1) 毫米
25.	あつさ	厚さ	厚度
26.	ロボット		機器人
27.	おおく	多く	多數，許多
28.	しょくりょう	食料	食物，食品

29. ゆにゅうする	輸入する	輸入，進口
30. たとえば	例えば	例如
31. こむぎ	小麦	小麥
32. ガイド		導遊，嚮導
33. ほうりゅうじ	法隆寺	法隆寺
34. たてる	建てる	蓋，建造
35. そんなに		那麼，那樣
36. とうきょうオリンピック	東京オリンピック	東京奧運
37. あおもりけん	青森県	青森縣（地名）
38. ニュージーランド		紐西蘭（國名）
39. (さん)しゅるい	(3)種類	(3) 種類
40. もじ	文字	字，文字
41. まるで		宛如，好像
42. へび		蛇
43. ほんもの	本物	真貨，真東西
44. にんげん	人間	人，人類
45. しろ／おしろ	(お)城	城，城堡
46. モデル		模特兒
47. こいぬ	子犬	小狗
48. ぬいぐるみ		布製玩偶
49. めん		麵條
50. カップ		杯子
51. けんさ	検査	檢查，檢驗
52. けんさ(を)する	検査(を)する	檢查，檢驗
53. かたち	形	形狀，樣子
54. あわせる		配合；對照
55. けんきゅうする	研究する	研究
56. しりょう	資料	資料
57. たのむ	頼む	委託，請求，託付
58. あおいバラ	青いバラ	藍玫瑰

【いろいろな表現(ひょうげん)】

1. キャー、	哇啊，
2. 見(み)て、見(み)て！	你看，你看！

本文1

日本（にほん）で初（はじ）めて作（つく）られました。

清水（しみず）：みなさん、こんにちは。私（わたし）は案内係（あんないがかり）の清水（しみず）と申（もう）します。

見学（けんがく）の前（まえ）に、インスタントラーメンについてご説明（せつめい）します。

みなさんはよくインスタントラーメンを食（た）べますか。

学生（がくせい）：はい。

清水（しみず）：みなさんの国（くに）にもインスタントラーメンはありますか。

学生（がくせい）：はい。

清水（しみず）：では、インスタントラーメンはどこの国（くに）で誕生（たんじょう）したか知（し）っていますか。

学生（がくせい）：……。

清水（しみず）：日本（にほん）です。昭和（しょうわ）３３年（ねん）、１９５８年（ねん）に日本（にほん）で初（はじ）めて作（つく）られました。

この時（とき）作（つく）られたのは袋（ふくろ）めんでしたが、

１９７１年（ねん）にはカップめんが作（つく）られました。

また、１９７１年に初めて外国へ輸出されました。

その後、海外でも生産されるようになり、今では世界中で食べられています。

今日は、カップめんの工場をいっしょに見学しましょう。

見学の前に、みなさんにお願いがあります。

工場では、写真撮影はできないことになっていますので、ご注意ください。

＊

清水：小麦粉、塩などがミキサーで混ぜられ、あちらの機械でのばされます。

学生：わあ、紙のように薄いですね。

清水：そうですね。だいたい１ミリぐらいの厚さになります。

文型 1

インスタントラーメンは1958年に日本で初めて作られました。

1）英語は世界中で話されています。

2）インスタントラーメンは世界のいろいろな国で生産されています。

3）工場の人：こちらが今日見学する工場です。
このエ場ではたくさんのロボットが使われています。

4）先生：日本では多くの食料が外国から輸入されています。
例えば、パンやうどんの材料の小麦は９０％以上が輸入されています。

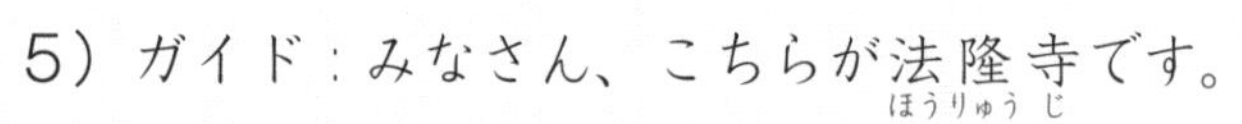

5）ガイド：みなさん、こちらが法隆寺です。
法隆寺は約１４００年前に建てられました。
客：そんなに古いんですか。

練習 a

絵を見て例のように言いましょう。

例1） インスタントラーメンは1958年に作られました。

インスタントラーメン／1958年／作る

1. 東京駅／1914年／建てる　　2. 東京オリンピック／1964年／行う

例2） 青森県では、りんごが生産されています。

青森県／りんご／生産する

ファッションマガジン 7
今注目の新しいデザイン

3. ニュージーランド／英語／話す　　4. 日本／3種類の文字／使う

文型 2

歌手（かしゅ） { のようです。 / みたいです。 }

紙（かみ） { のように / みたいに } 薄（うす）いです。

1）ラフル：キムさんは歌（うた）が上手（じょうず）ですね。
　　ワン：そうですね。まるで歌手（かしゅ）のようですね。

2）A：キャー、へび！
　　B：だいじょうぶですよ。これはおもちゃですよ。
　　A：えっ！　本当（ほんとう）ですか。まるで本物（ほんもの）みたいですね。

3）ロボットが人間（にんげん）のように歩（ある）いています。

4）A：見（み）て、見（み）て！　車（くるま）がおもちゃみたいに小（ちい）さいよ。
　　B：本当（ほんとう）だ。上（うえ）から見（み）ると、とても小（ちい）さいね。

練習b

絵を見て例のように言いましょう。

例）A：この家、見てください！

B：わあ、まるでお城 ｛のように／みたいに｝〔 大きいです 〕ね！

この家／お城／？

1．あの女の人／モデル／？ きれいですね おしゃれですね　2．この子犬／ぬいぐるみ／？ かわいいですね

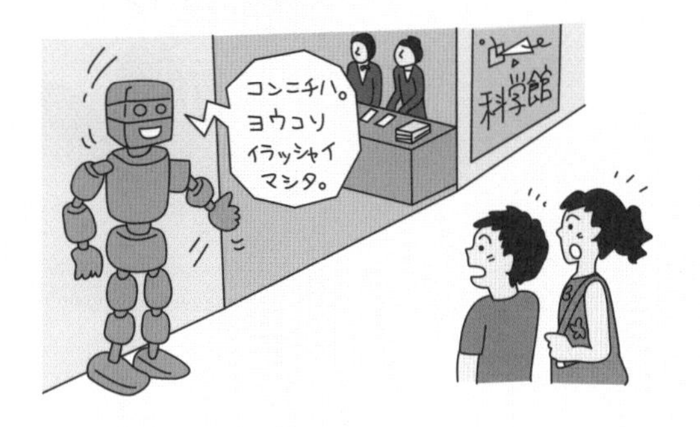

3．あのロボット／人間／？ ~~本物ですね~~

まるで人間のように話しています

本文2

今、検査をしているところです。

清水：こちらでは、めんを入れるカップが作られています。
　　　今、カップの検査をしているところです。

学生：カップめんにはいろいろな形の
　　　カップがありますね。

清水：そうですね。ラーメンやうどんなど、
　　　めんに合わせてカップが作られます。
　　　また、食べやすくて安全なカップを作るために、社員が研究しています。

学生：日本には何種類ぐらいのカップめんがあるんですか。

清水：今は１０００種類以上あります。

学生：そんなにたくさんあるんですか。

清水：ええ。その中の何種類かはみなさんの国にも輸出されていると
　　　思いますよ。

文型３

カップの検査をしているところです。

1）A：レポートの資料はもう見つかった？
　　B：ううん。今、探しているところだよ。

2）客：あのう、私が頼んだスパゲッティはまだですか。
　　店員：すみません。今、作っているところなので、
　　　　もう少々お待ちください。

3）A：『青いバラ』という本、とてもおもしろかったですよ。
　　B：ああ、今、私もそれを読んでいるところです。
　　　まだ半分ぐらいしか読んでいませんが、とてもおもしろいですね。

練習問題

I 文型1 例のように ▭ の中から言葉を選んで、適当な形にして書きなさい。

食べる	話す	輸出する	使う	建てる	生産する

例 インスタントラーメンは世界中で＿食べられ＿ています。

1．英語は世界中で＿話され＿＿＿＿ています。

言葉を話されています
を使われています

2．この教科書はたくさんの学校で＿使われ＿＿＿ています。

3．（工場見学で）

社員：この工場は1988年に＿建てられ＿＿＿ました。

ここで、いろいろなインスタントラーメンが

＿生産され(てい)＿て、世界中に＿輸出され＿＿＿ています。

Ⅱ 文型２　例(れい)のように書(か)きなさい。

> 例　A：きれいな人(ひと)だね。
>
> B：うん。まるで＿モデルみたいだ＿ね。
>
> （モデル・みたい）

1．A：見(み)てください。かわいい子犬(こいぬ)ですよ。

B：そうですね。まるで＿ぬいぐるみのようだ＿ね。（みたい）

（ぬいぐるみ・よう）

2．A：まだ５月(がつ)なのに、今日(きょう)は暑(あつ)いね。

B：うん。まるで＿夏みたい~~だ~~に＿暑(あつ)いね。

（夏(なつ)・みたい）

3．A：あのロボット、歩(ある)くのが上手(じょうず)ですね。

B：本当(ほんとう)ですね。まるで＿人間のように＿歩(ある)いていますね。

（人間(にんげん)・よう）

III 文型3　正しいものに○をつけなさい。

1.（電話で）

チン：ラフルさん、もう宿題、終わった？

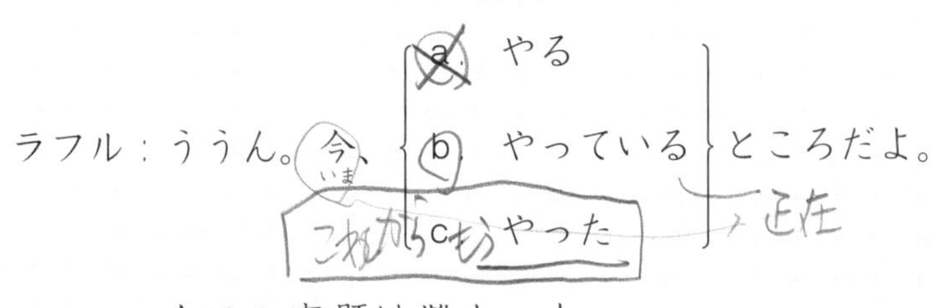

ラフル：ううん。今、{ a. やる / b. やっている / c. やった } ところだよ。

今日の宿題は難しいよ。

2. A：もうごはん、食べた？

B：ううん、まだ。

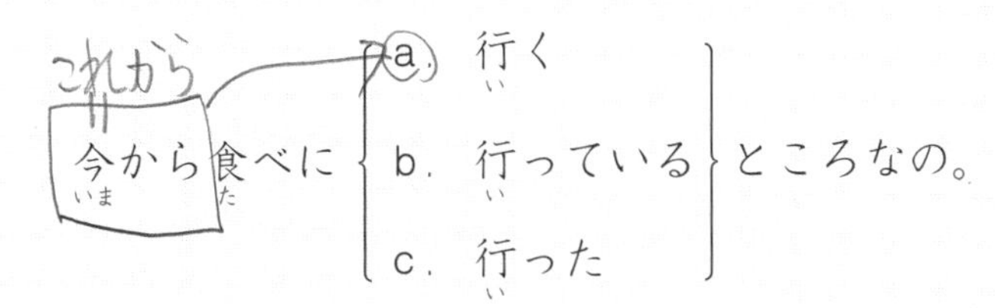

今から食べに { a. 行く / b. 行っている / c. 行った } ところなの。

A：じゃあ、いっしょに行こう。

3.（電話で）

美花：咲ちゃん、いますか。

咲の母：咲は今、うちを { a. 出る / b. 出ている / c. 出た } ところなんですよ。

美花：そうですか。

第33課

毎日家の手伝いをさせました。

単語

1.	まつもと	松本	松本（姓氏）
2.	たかだゆきえ	高田幸枝	高田幸枝（人名）
3.	たかだひろみ	高田広美	高田廣美（人名）
4.	マラソンせんしゅ	マラソン選手	馬拉松選手
5.	ははおや	母親	母親
6.	おかあさま	お母様	您的母親，令堂
7.	せんしゅ	選手	選手
8.	こくさいじょし マラソンたいかい	国際女子 マラソン大会	國際女子馬拉松大賽
9.	にほんさいこう	日本最高	日本最佳
10.	タイム		時，時間
11.	みごと	見事	出色的，精彩的
12.	ゆうしょうする	優勝する	獲得冠軍，優勝
13.	（魚を）とる		捉（魚），捕（魚）
14.	のぼる	登る	登，攀登
15.	りくじょう	陸上	田徑
16.	りくじょうぶ	陸上部	田徑隊
17.	きびしい	厳しい	嚴格的，嚴厲的
18.	だから		所以，因此
19.	（歯が）よわい	弱い	（牙齒）脆弱的
20.	なつやすみちゅう	夏休み中	暑假中
21.	しゃちょう	社長	總經理
22.	けいご	敬語	敬語
23.	ぶちょう	部長	經理

24. かかりちょう	係長	主任
25. たいりょく	体力	體力
26. (体力が)ある		有(體力)
27. かんとく	監督	教練
28. (いち)キロ	(1)km	(1)公里
29. じゅく	塾	補習班
30. おや	親	雙親，父母
31. たいいくだいがく	体育大学	體育大學
32. あのとき	あの時	那個時候
33. けっきょく	結局	結果
34. すいせんする	推薦する	推薦
35. かつやくする	活躍する	活躍
36. にゅうがくする	入学する	入學
37. たいいく	体育	體育
38. かんがえ	考え	思想，想法
39. かわる	変わる	變化，改變
40. はんたいする	反対する	反對
41. かつやく／ごかつやく	(ご)活躍	活躍
42. チケットショップ		票券行
43. ぶんかトラベル	文化トラベル	文化旅行社(虛構公司名)
44. パンフレット		小冊子，宣傳手冊
45. く	区	地區，區域
46. こくさい こうりゅうセンター	国際交流センター	國際交流中心
47. イベント		活動

【いろいろな表現】

1. 例えば？	比如說？

本文1

練習ばかりしていました。

松本アナウンサー…インタビューする人

高田幸枝…高田広美（マラソン選手）の母親

松本：今日のお客様は、マラソン選手高田広美さんのお母様、高田幸枝さんです。
　　　高田選手は先日の国際女子マラソン大会で、日本最高のタイムで見事に
　　　優勝なさいました。今日は、高田選手の子供のころから
　　　マラソン選手になるまでのお話を伺いたいと思います。

松本：はじめまして。よろしくお願いします。

高田：こちらこそ。

松本：広美さんはどんなお子さんだったんですか。

高田：そうですね。とても元気な子でした。よく近くの川で魚をとったり、
　　　木に登ったりしていました。よく男の子に間違えられましたよ。

松本：そうですか。広美さんが陸上を始めたのはいつですか。

高田：高校生のころです。
　　　広美の高校の陸上部は練習がとても厳しかったんです。
　　　土曜日も日曜日も毎日練習ばかりしていました。

松本：大変だったんでしょうね。

高田：そうですね。大変だったと思います。学校の勉強もありましたから。

松本：ああ、そうですね。

高田：でも、私はスポーツや勉強だけではなく、ほかにも大切なことがある
　　　と思っていました。だから、家では広美に毎日家の手伝いをさせました。

松本：例えば？

高田：お皿を洗わせたり、洗濯をさせたりしました。

松本：そうですか。

文型 1

毎日練習ばかりしていました。

1）柔らかい物ばかり食べていると、歯が弱くなるそうです。

2）母：テレビばかり見ているけど、だいじょうぶなの？
明日はテストでしょう？
子供：だいじょうぶだよ。

3）山田：西村さんはどんな子供だったんですか。
西村：そうですね。一人で遊ぶのが好きで、うちでゲームばかりしていました。

※ 夏休み中、遊んでばかりいたので、宿題が全部できませんでした。

文型 2

広美に家の手伝いを させました。

使役形

グループ1	行く	→	行かせる	（か き く け こ）
	洗う	→	洗わせる	（わ い う え お）
	帰る	→	帰らせる	（ら り る れ ろ）
グループ2	食べる	→	食べさせる	
	覚える	→	覚えさせる	
グループ3	する	→	させる	
	来る	→	来させる	

① 子供が野菜を食べる → お母さんは子供に野菜を食べさせる

1）先生：うちで健志君に、どんな勉強をさせていますか。

　　母：教科書を読ませたり、漢字を覚えさせたりしています。

2）　　社長：私の会社では、新入社員にまず敬語の使い方を練習させます。

　アナウンサー：そうですか。

② 子供が泳ぐ　→　お父さんは子供を泳がせる

3）部長：社長を東京駅に迎えに行かなくてはいけないんだけど…。

　　係長：じゃあ、山本を行かせましょう。

4）アナウンサー：東都大学の選手は体力がありますね。

　　　　　監督：ええ。毎日10キロ走らせているんです。

5）日本では、小さい時から子供を塾に通わせる親が多い。

練習 a

絵を見て例のように言いましょう。

例）お母さんは子供に
　　牛乳を飲ませました。

牛乳を飲む

1．お皿を洗う

2．部屋のそうじをする

3．英語の塾に通う

友達と話そう

- 国で、先生は学生に何をさせますか。
- 国で、親は子供に何をさせますか。

本文2

就職(しゅうしょく)したらどうですか。

松本(まつもと)：高校(こうこう)を卒業(そつぎょう)した後(あと)、広美(ひろみ)さんは体育大学(たいいくだいがく)に進学(しんがく)なさいましたね。

高田(たかだ)：ええ。あの時(とき)は、なかなか進路(しんろ)が決(き)まらなくて本当(ほんとう)に心配(しんぱい)しました。
私(わたし)は「大学(だいがく)に行(い)かないで、就職(しゅうしょく)したらどう？」と言(い)ったんですが、
広美(ひろみ)は大学(だいがく)に行(い)きたがっていました。結局(けっきょく)、陸上部(りくじょうぶ)の先生(せんせい)が、
広美(ひろみ)を体育大学(たいいくだいがく)に推薦(すいせん)してくださったんです。

松本(まつもと)：そうだったんですか。その後(ご)、大学(だいがく)を卒業(そつぎょう)してから、
マラソン選手(せんしゅ)として活躍(かつやく)するようになりましたね。

高田(たかだ)：ええ。大学(だいがく)に入学(にゅうがく)する時(とき)は、体育(たいいく)の先生(せんせい)になると言(い)っていたんですが、
大学(だいがく)にいる間(あいだ)に考(かんが)えが変(か)わったようです。

松本(まつもと)：ご両親(りょうしん)は、広美(ひろみ)さんがマラソン選手(せんしゅ)になることに
反対(はんたい)なさらなかったんですか。

高田(たかだ)：初(はじ)めは驚(おどろ)きましたが、広美(ひろみ)が自分(じぶん)で決(き)めたことですから、
反対(はんたい)はしませんでした。

松本(まつもと)：そうですか。

＊

松本(まつもと)：今日(きょう)は、どうもありがとうございました。これからも広美(ひろみ)さんの
ご活躍(かつやく)を楽(たの)しみにしています。

高田(たかだ)：こちらこそありがとうございました。

文型 3

就職したらどうですか。

1）西村：長井さんの電話番号、知っていますか。
木村：いいえ…。林さんに聞いてみたらどうですか。
知っているかもしれませんよ。

2）看護師：アルンさん、今日はあまり歩かないほうがいいですよ。
タクシーで帰ったらどうですか。
アルン：でも、電話番号がわからないんです。
看護師：電話の所にはってありますよ。

3）幸子：最近、顔色が悪いわよ。病院に行って検査してもらったら？
一郎：今度行くよ。今、忙しくて行く暇がないんだ。

練習 b

例のように言いましょう。

例）映画のチケットを安く買いたい／
駅前のチケットショップに行く／映画の割り引き券もあると思う
A：映画のチケットを安く買いたいんですが…。
B：そうですか。じゃ、駅前のチケットショップに行ってみたらどうですか。
映画の割り引き券もあると思いますよ。

1．温泉に行きたい／
駅前の文化トラベルに行く／たくさんパンフレットがある

2．安い居酒屋を予約したい／
キムさんに聞く／よく居酒屋に行くと言っていた

3．日本人の友達がほしい／
区の国際交流センターに聞く／いろいろなイベントをやっている

☆友達と話しましょう。

練習問題

I 文型１　正しいものに○をつけなさい。

1. 甘い物 ｛a. しか／b. ばかり｝ 食べていると、虫歯になりますよ。

2. 今、財布の中に５００円 ｛a. しか／b. ばかり｝ ないから、銀行に行きます。

3. 前はロック ｛a. しか／b. ばかり｝ 聞いていたんですが、最近はクラシック音楽も聞くようになりました。

4. 子供の時、まんが ｛a. しか／b. ばかり｝ 読んでいてよく叱られました。

II 文型2 表を完成させなさい。

辞書形	グループ	使役形	辞書形	グループ	使役形
買う	1	買わせる	洗う	1	洗わせる
行く	1	行かせる	覚える	2	覚えさせる
来る	3	来させる	食べる	2	食べさせる
待つ	1	待たせる	読む	1	読ませる
持って来る	3	持って来させる	勉強する	3	勉強させる

III 文型2 絵を見て例のように使役形を使って書きなさい。

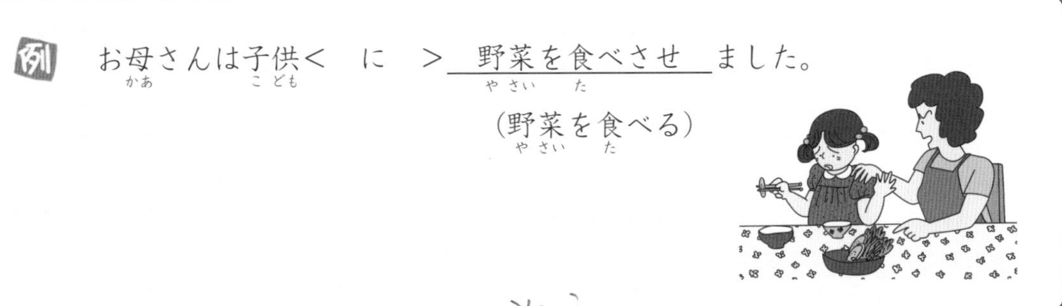

例 お母さんは子供＜　に　＞野菜を食べさせ ました。

(野菜を食べる)

1. お父さんは子供＜ を ＞泳がせ ました。

(泳ぐ)

2. お母(かあ)さんは子供(こども) < に > お皿を洗わせ たり、
(お皿(さら)を洗(あら)う)

そうじさせ たりします。
(そうじをする)

3. 私(わたし)の国(くに)では、子供(こども) < に > 英語を習わせる 親(おや)が多(おお)いです。
(英語(えいご)を習(なら)う)

Ⅳ 文型３ 例(れい)のように書(か)きなさい。

> 例　A：日本人(にほんじん)の友達(ともだち)がほしいんですが…。
>
> B：そうですか。キムさんに＿紹介(しょうかい)してもらったら＿どうですか。
>
> （紹介(しょうかい)してもらう）
>
> たくさん友達(ともだち)がいるみたいですよ。

1．A：履歴書(りれきしょ)の書(か)き方(かた)がわからないんですが…。

B：そうですか。

田中先輩(たなかせんぱい)に＿聞いてみたら＿どうですか。

（聞(き)いてみる）

去年(きょねん)、就職(しゅうしょく)したそうですよ。

2．A：最近(さいきん)、疲(つか)れているようですね。

B：ええ。アルバイトが忙(いそが)しくて…。

A：だいじょうぶですか。

ちょっと＿アルバイトの時間を短したら＿どうですか。

（アルバイトの時間(じかん)を短(みじか)く~~する~~）

3．リー：スキーに行(い)きたいんですが、どこかいい所(ところ)を知(し)っていますか。

キム：スキーですか。私(わたし)も日本(にほん)では行(い)ったことがないんです。

駅前(えきまえ)の旅行会社(りょこうがいしゃ)に＿行ってみたら＿どうですか。｛いかがでしょうか

（行(い)ってみる）

たくさんパンフレットが置(お)いてありますよ。

少し休まれたらいかがでしょうか

いいんじゃないですか
よろしいでしょうか

第34課（だいさんじゅうよんか）

お祝い（いわ）

単語（たんご）

1. しょうたいする	招待する	招待，邀請
2. だいがくごうかく	大学合格	考上大學
3. ごうかくいわい	合格祝い	慶祝合格
4. いま	居間	起居室，客廳
5. クラブ		社團
6. （クラブに）はいる	入る	進入（社團）
7. （友達（ともだち）を）つくる	作る	交（朋友）
8. たいいくけい	体育系	體育相關
9. しんにゅうせい	新入生	新生
10. サッカーぶ	サッカー部	足球部
11. ぶしつ	部室	社團教室
12. グラウンド		運動場，操場
13. （クラブ）によって		依據（社團）
14. ちがう	違う	不同，不一樣
15. おそく	遅く	晚，遲
16. ざんぎょうする	残業する	加班
17. はしる	走る	跑
18. こうそくバス	高速バス	高速巴士
19. きせつ	季節	季節
20. こうよう	紅葉	紅葉
21. やましたこうえん	山下公園	山下公園
22. ちゅうかがい	中華街	中華街
23. ニセコ		新雪谷（地名）
24. はこだて	函館	函館（地名）

25. ムーンビーチ		月亮海灘
26. れきし	歴史	歷史
27. しゅりじょう	首里城	首里城
28. タナポーン		塔納朋（人名）
29. てら／おてら	（お）寺	寺廟，佛寺
30. しぜん	自然	自然
31. しま	島	島，島嶼
32. ダイビング		潛水
33. ダイビング（を）する		潛水
34. おきなわりょうり	沖縄料理	沖繩料理，沖繩菜
35. ごうかく	合格	合格，考上
36. いわう	祝う	祝賀，慶祝
37. かんぱい	乾杯	乾杯
38. かんぱい（を）する	乾杯（を）する	乾杯
39. ほうこく	報告	報告
40. じつは	実は	老實說，其實
41. こんやくする	婚約する	訂婚
42. もちろん		當然
43. ピザ		披薩
44. チェックリスト		確認清單
45. かんばん	看板	招牌
46. セットする		佈置
47. しゅっちょう	出張	出差
48. メモ		筆記，備忘

【いろいろな表現(ひょうげん)】

1. ゆっくりしていってください。　　請好好玩。
2. 乾杯(かんぱい)！　　乾杯！

本文1

先輩（せんぱい）にいろいろなことをさせられました。

（鈴木（すずき）さんのうちの玄関（げんかん）で）

鈴木一郎（すずきいちろう）：チンさん、いらっしゃい。

チン：こんにちは。今日（きょう）は招待（しょうたい）してくださってありがとうございます。

鈴木幸子（すずきさちこ）：チンさん、大学合格（だいがくごうかく）おめでとう。本当（ほんとう）によかったわ。

一郎（いちろう）：今日（きょう）はチンさんとマリーさんの合格祝（ごうかくいわ）いだから、
ゆっくりしていってください。

チン：ありがとうございます。

幸子（さちこ）：もうマリーさんも来（き）てるわよ。
どうぞ上（あ）がって。

チン：失礼（しつれい）します。

（居間（いま）で）

一郎（いちろう）：4月（がつ）から大学生（だいがくせい）だけど、大学（だいがく）ではどんなことをしたいの？

チン：そうですね。勉強（べんきょう）もがんばるつもりですが、
クラブに入（はい）って友達（ともだち）をたくさん作（つく）りたいです。

一郎（いちろう）：そう。どんなクラブに入（はい）るつもりなの？

チン：体（からだ）を動（うご）かすのが好（す）きなので、何（なに）かスポーツ関係（かんけい）のクラブに入（はい）ろうと
思（おも）っているんです。

一郎（いちろう）：体育系（たいいくけい）か…。おもしろいけど、新入生（しんにゅうせい）は先輩（せんぱい）にいろいろなことを
させられるから、大変（たいへん）だよ。

チン：どんなことをさせられるんですか。

一郎(いちろう)：僕(ぼく)はサッカー部(ぶ)だったんだけど、毎日何(まいにちなん)キロも走(はし)らせられたり、部室(ぶしつ)やグラウンドのそうじをさせられたりしたなあ。

チン：へえ。

幸子(さちこ)：でも、大学(だいがく)やクラブによって、雰囲気(ふんいき)も違(ちが)うんじゃない？

一郎(いちろう)：そうだね。クラブに入(はい)るなら、見学(けんがく)してから決(き)めたほうがいいよ。

チン：はい、わかりました。いくつか見学(けんがく)してみます。

文型 1

新入生(しんにゅうせい)は先輩(せんぱい)にいろいろなことをさせられます。

使役受身形(しえきうけみけい)

<使役形(しえきけい)>		<使役受身形(しえきうけみけい)>
洗(あら)わせる	→	洗(あら)わせられる
行(い)かせる	→	行(い)かせられる
食(た)べさせる	→	食(た)べさせられる
させる	→	させられる
来(こ)させる	→	来(こ)させられる

1）健志君はお母さんにお皿を洗わせられました。

2）高田広美：子供のころ、母に家の手伝いをさせられました。

3）チン：一郎さんは学生の時、サッカー部の先輩に部室のそうじをさせられたそうです。

4）幸子：ワンさんは嫌いな食べ物がありますか。

ワン：いいえ、ありません。子供のころはにんじんが嫌いで、よく母に食べさせられました。でも、今は大好きです。

5）長井：西村さんは大学を卒業して、銀行に就職したそうですね。

本田：ええ。毎日遅くまで残業させられて大変みたいですよ。

長井：そうですか。

練習 a

絵を見て例のように言いましょう。

例）<u>母に野菜を食べさせられました。</u>

母／野菜を食べる

1．母／そうじをする

2．母／英語を習う

3．父／泳ぐ

4．監督／走る

5．先輩／歌を歌う

友達と話そう

- 今までに、両親や先生にどんなことをさせられましたか。

文型2

クラブに入(はい)るなら、見学(けんがく)してから決(き)めたほうがいいですよ。

1）Ａ：大阪(おおさか)まで安(やす)く行(い)きたいんですが、何(なに)で行(い)けばいいですか。

Ｂ：安(やす)く行(い)くなら、高速(こうそく)バスがいいですよ。

2）Ａ：温泉(おんせん)に行(い)きたいと思(おも)っているんですが、東京(とうきょう)の近(ちか)くにおすすめの場所(ばしょ)はありますか。

Ｂ：それなら、箱根(はこね)がいいと思(おも)いますよ。

3）サラ：来年(らいねん)、京都(きょうと)へ行(い)こうと思(おも)っているんですが、いい季節(きせつ)はいつですか。

山本(やまもと)：そうですね。桜(さくら)を見(み)るなら春(はる)ですが、紅葉(こうよう)を見(み)るなら秋(あき)がいいと思(おも)いますよ。

4）先生(せんせい)：ワンさん、だいじょうぶですか。顔(かお)が赤(あか)いですよ。

ワン：はい。かぜをひいて熱(ねつ)があるんです。

先生(せんせい)：熱(ねつ)があるなら、すぐ帰(かえ)ったほうがいいですよ。

ワン：わかりました。

リーズナブルな価格
合理

練習 b

例のように言いましょう。

例） A：日曜日に横浜へ行こうと思っているんですが、
おすすめの場所はありますか。

B：そうですね。海を見るなら山下公園ですが、
おいしい物を食べるなら中華街がいいと思いますよ。

日曜日／横浜／海を見る・山下公園／おいしい物を食べる・中華街

1．冬休み／北海道／スキーをする・ニセコ／きれいな街を見る・函館

2．夏休み／沖縄／海で泳ぐ・ムーンビーチ／歴史がある所を見る・首里城

チャレンジ

今度、友達があなたの国へ遊びに行きます。例のように、おすすめの場所を紹介してください。そこはどんな所で、どんな料理がおいしいかなども説明しましょう。

例）（タイで）

タナポーン：来年の夏、日本へ行こうと思っているんです。

佐々木由美：そうですか。

タナポーン：それで、佐々木さんにおすすめの場所を教えてもらいたいんですが…。

佐々木：そうですね。古いお寺や建物を見るなら京都ですが、
きれいな自然を楽しむなら北海道や沖縄がいいと思いますよ。

タナポーン：そうですか。私は自然が好きだから北海道や沖縄がいいですね。
あのう、沖縄はどんな所ですか。

佐々木：きれいな島がたくさんあって、泳いだり、ダイビングをしたりできますよ。

タナポーン：いいですね。沖縄の食べ物はどうですか。

佐々木：沖縄にはいろいろなおいしい料理がありますよ。

タナポーン：そうですか。

佐々木：沖縄料理を食べるなら、ぜひぶた肉の料理を食べてください。
とってもおいしいですよ。

・

・

・

京都
きょうと
北海道
ほっかいどう
沖縄
おきなわ

本文2

みんなで乾杯しよう。

マリー：武さんと良子さん、遅いですね。

幸子：そうね。

一郎：あっ、武さんからメールだ。
ちょっと遅れるから、先に始めてくださいって。
良子さんといっしょに来るそうだよ。

幸子：そう。じゃ、先に始めましょうか。

一郎：そうだね。飲み物は？

幸子：冷やしてあるから、今、持って来るね。

＊

一郎：では、マリーさんとチンさんの合格を祝って…。

（ピンポーン）

幸子：あっ、ちょっと待って。武さんたちじゃない？

＊

武・良子：遅くなってすみません。

一郎：ちょうど乾杯をするところだったんだよ。間に合ってよかった。

武：本当にすみませんでした。チンさん、マリーさん、合格おめでとう。

チン・マリー：ありがとうございます。

良子：あの…。私たちも報告があるんです。

一郎：え？ 何？

武：実は…。僕たち、婚約したんです。

みんな：わあ、おめでとう。

武・良子：ありがとうございます。

一郎：じゃあ、みんなで乾杯しよう。

みんな：乾杯！

文型3

冷やしてあります。

1）健志：今日は伸の誕生日だね。ケーキは？

　母：もちろん買ってあるよ。

2）A：金曜日の夜、みんなでカラオケに行こうと思っているんですが、

　　いっしょに行きませんか。

　B：いいですね。でも、金曜日は込んでいませんか。

　A：大きい部屋を予約してあるから、だいじょうぶですよ。

3）（学生会館で）

　先輩：そろそろみんなが来る時間だけど、パーティーの準備はできた？

　後輩：はい。

　先輩：飲み物は？

　後輩：冷やしてあります。

　先輩：ピザは？

　後輩：注文してあります。もうすぐ来ると思います。

例(れい)のように言(い)いましょう。

例(れい)） 店長(てんちょう)：店(みせ)の準備(じゅんび)はできた？

店員(てんいん)：はい。

店長(てんちょう)：材料(ざいりょう)は？

店員(てんいん)：準備(じゅんび)してあります。

1．（レストランで）店(みせ)の準備(じゅんび)

2.（会社で）社長の出張の準備

お風呂を沸かしてあります

アイロンをかけてある　しわしわ　皺皺的

練習問題

I 文型1　表(ひょう)を完成(かんせい)させなさい。

辞書形(じしょけい)	グループ	使役受身形(しえきうけみけい)	辞書形(じしょけい)	グループ	使役受身形(しえきうけみけい)
行(い)く	1	行かせられる	来(く)る	3	来させられる
飲(の)む	1	飲ませられる	食(た)べる	2	食べさせられる
洗(あら)う	1	洗わせられる	覚(おぼ)える	2	覚えさせられる
読(よ)む	1	読ませられる	習(なら)う	1	習わせられる
買(か)う	1	買わせられる	走(はし)る	1	走らせられる
書(か)く	1	書かせられる	洗濯(せんたく)する	2	洗濯させられる

II 文型1　質問(しつもん)に答(こた)えなさい。

1. 一郎(いちろう)さんは学生(がくせい)の時(とき)、サッカー部(ぶ)の先輩(せんぱい)に部室(ぶしつ)のそうじをさせられました。

　1）誰(だれ)が部室(ぶしつ)のそうじをしましたか。

　→ 一郎さん です。

　2）誰(だれ)が部室(ぶしつ)のそうじをさせましたか。

　→ 先輩 です。

2. アルンさんは大学院(だいがくいん)で難(むずか)しい本(ほん)を読(よ)ませられています。

　1）誰(だれ)が難(むずか)しい本(ほん)を読(よ)んでいますか。

　→ アルンさん です。

　2）誰(だれ)が難(むずか)しい本(ほん)を読(よ)ませられていますか。

　→ アルンさん です。

Ⅲ 文型1　絵(え)を見(み)て例(れい)のように使役受身形(しえきうけみけい)を使(つか)って書(か)きなさい。

母(はは)＜　に　＞野菜(やさい)を　食(た)べさせられました。

1. 母(はは)＜　に　＞英語(えいご)を　習わせられました

2. 父(ちち)＜　に　＞プールで　泳がせられました

3. 監督(かんとく)＜　に　＞10キロ　を走らせられ

4. 先輩(せんぱい)＜　に　＞歌(うた)を　歌わせられました

5. 母(はは)＜　に　＞そうじを　させられました

Ⅳ 文型２　例のように「～なら」「～たら」を使って書きなさい。

> **例**　1）大阪まで安く＿行くなら＿、高速バスがいいです。
> 　　　　　　　　（行く）
>
> 　　　2）夏休みに＿なったら＿、帰国しようと思っています。
> 　　　　　　　（なる）

1．パソコンを＿買うなら＿、文化デンキが安いです。
　　　　（買う）

2．A：先生、いつ肉を入れますか。

　　B：たまねぎが＿柔らかくなら＿、入れてください。
　　洋葱
　　　　　（柔らかくなる）ら　一到

3．A：今度の土曜日、いっしょにドライブに行かない？

　　B：いいね。海を見に行こう。

　　A：海を＿見に行くなら＿、江ノ島はどう？
　　　　　（見に行く）

　　B：いいね。そうしよう。

4．A：この学校を＿卒業したら＿、どうしますか。
　　　　　（卒業する）

　　B：専門学校で経済の勉強をしようと思っています。

5．A：どうしたんですか。

　　B：熱があるんです。

　　A：＿熱があるなら＿、病院へ行ったほうがいいですよ。
　　　　（熱がある）なら

V 文型3 メモを見て例のように書きなさい。

> 例 社長：飛行機の切符は？
>
> 社員：取ってあります。

社長：ビザは？

社員：取ってあります

社長：ホテルは？

社員：予約してあります

社長：会議の資料は？

社員：まだです。すぐ作ります。

社長：ホテルの行き方は？

社員：調べてあります

復習(ふくしゅう)

助詞(じょし) 第27課(だいにじゅうななか)～第34課(だいさんじゅうよんか)

を

1. 武(たけし)さんが良子(よしこ)さんを送(おく)ります。 （第(だい)２８課参考(かさんこう)）
2. お父(とう)さんは子供(こども)を泳(およ)がせました。 （第(だい)３３課文型(かぶんけい)２）

に

1. アルンさんが西村(にしむら)さんにタイ料理(りょうり)の作(つく)り方(かた)を教(おし)えます。 （第(だい)２８課参考(かさんこう)）
2. 私(わたし)は後(うし)ろの人(ひと)に押(お)されました。 （第(だい)３１課文型(かぶんけい)５）
3. 私(わたし)は子供(こども)に家(いえ)の手伝(てつだ)いをさせました。 （第(だい)３３課文型(かぶんけい)２）
4. 新入生(しんにゅうせい)は先輩(せんぱい)にいろいろなことをさせられます。 （第(だい)３４課文型(かぶんけい)１）

問題 ＿＿＿にひらがなを１(ひと)つ書(か)きなさい。

1. チン：この辞書(じしょ)はマリーさんのですか。

   マリー：いいえ。ラフルさん＿＿＿貸(か)してもらったんです。

2. 待合室(まちあいしつ)＿＿＿お待(ま)ちください。

3. 子供(こども)＿＿＿ディズニーランドへ連(つ)れて行(い)きました。

4. A：どうしたんですか。

   B：電車(でんしゃ)の中(なか)＿＿＿隣(となり)の人(ひと)＿＿＿足(あし)を踏(ふ)まれたんです。

5. A：お子(こ)さん＿＿＿何(なに)か習(なら)わせたいですか。

   B：ええ、英語(えいご)＿＿＿習(なら)わせたいです。

6. 山田(やまだ)さんはお子(こ)さん＿＿＿英語(えいご)の塾(じゅく)に通(かよ)わせるそうです。

7. キム：リーさんは料理(りょうり)が上手(じょうず)ですね。

   リー：子供(こども)の時(とき)、よく母(はは)＿＿＿手伝(てつだ)わせられたんです。

復習 文型 第27課～第34課

1．て形（動詞）

1. 〜てしまいました。（第27文型5）

・私は面接の本をもう読んでしまいました。

2. 〜て＿＿＿。（第29課文型2）

・ワンさんが入院したと聞いて心配しました。

3. 〜ていただけませんか。（第30課文型4）

・すみませんが、ナプキンを取っていただけませんか。

4. 〜てあります。（第34課文型3）

・飲み物は冷やしてあります。

問題 て形を使う文型1.〜4.を使って書きなさい。

1. A：そのDVD、おもしろそうだね。

   B：うん。私はもう＿＿＿＿＿＿＿＿＿＿から、貸そうか？

   （見る）

   A：本当？　ありがとう。

2. 今朝、新宿駅で偶然国の友達に＿＿＿＿＿＿＿＿＿びっくりしました。

   （会う）

3. A：パーティーの準備はできた？

   B：うん。

A：おすしは？

B：＿＿＿＿＿＿＿＿＿＿＿＿よ。もうすぐ来(く)ると思(おも)うよ。

（注文(ちゅうもん)する）

4．学生(がくせい)：先生(せんせい)、この漢字(かんじ)の書(か)き方(かた)を＿＿＿＿＿＿＿＿＿＿＿＿か。

（教(おし)える）

5．昨日(きのう)、携帯電話(けいたいでんわ)を＿＿＿＿＿＿＿＿＿＿＿＿

（落(お)とす）

2．基本体過去(きほんたいかこ)・肯定形(こうていけい)（動詞(どうし)）

1．| ～たら、＿＿＿。 | （第(だい)31課文型(かぶんけい)4）

・デパートへ行(い)ったら、休(やす)みでした。

2．| ～たらどうですか。 | （第(だい)33課文型(かぶんけい)3）

・西村(にしむら)：長井(ながい)さんの電話番号(でんわばんごう)、知(し)っていますか。

木村(きむら)：いいえ…。林(はやし)さんに聞(き)いてみたらどうですか。

知(し)っているかもしれませんよ。

問題　**基本体過去(きほんたいかこ)・肯定形(こうていけい)を使(つか)う文型(ぶんけい)1.～2.を使(つか)って書(か)きなさい。**

1．久(ひさ)しぶりに＿＿＿＿＿＿＿＿＿＿＿＿、指(ゆび)を切(き)ってしまいました。

（料理(りょうり)をする）

2．マリー：ゆかたの着方(きかた)を知(し)りたいんですが…。

チン：幸子(さちこ)さんに＿＿＿＿＿＿＿＿＿＿＿＿

（教(おし)えてもらう）

3．基本体(きほんたい)

1．

～ようです。 ～みたいです。

（第(だい)３１課文型(かぶんけい)１）

- 先生(せんせい)：リーさんはもう帰(かえ)りましたか。

  学生(がくせい)：コートがあるから、まだ帰(かえ)っていないみたいです。

- 安部(あべ)さんは、最近(さいきん)、忙(いそが)しいようです。

※アルンさんは本(ほん)を読(よ)むのが｛好(す)きなようです。／好(す)きみたいです。｝

※あそこで泣(な)いている子供(こども)は｛迷子(まいご)のようです。／迷子(まいご)みたいです。｝

2．

～のに、＿＿＿。

（第(だい)３１課文型(かぶんけい)３）

- 新(あたら)しい旅行(りょこう)かばんを買(か)ったのに、かぜをひいて旅行(りょこう)に行(い)けませんでした。

※このテーブル、まだきれいなのに、捨(す)てるんですか。

※A：よくテニスをしますか。

　B：いいえ。初(はじ)めてです。

　A：本当(ほんとう)ですか。初(はじ)めてなのに上手(じょうず)ですね。

問題　（　　）の言葉(ことば)を適当(てきとう)な形(かたち)にして＿＿＿に書(か)きなさい。

1．A：何(なに)かあったんでしょうか。

　B：事故(じこ)が＿＿＿＿＿＿＿＿みたいですよ。警察官(けいさつかん)がいますから。

　（ある）

2．ワンさんはいつも＿＿＿＿＿＿＿＿のに、今日(きょう)は元気(げんき)がありません。

　（元気(げんき)）

4．ない形（けい）

1．〜なくて＿＿＿。　（第２９課文型２）

・最近、夜寝られなくて困っています。

問題　ない形を使う文型を使って書きなさい。

1．パーティーで先輩に＿＿＿＿＿＿＿＿＿＿＿＿＿＿＿＿残念でした。
（会う）

5．〜そう

1．あまり込んでいないので、座れそうです。　（第２７課文型４）

問題　「〜そう」を使って書きなさい。

1．ねぼうしてしまったので、集合時間に＿＿＿＿＿＿＿＿＿＿＿＿＿＿＿＿＿＿
（間に合う）

2．（電話で）

先生：チンさん、まだ熱がありますか。

チン：いいえ。明日は学校に＿＿＿＿＿＿＿＿＿＿＿＿＿＿＿＿
（行ける）

先生：そうですか。よかったです。

6．「〜ば」の形（かたち）

1．間に合わなければ来月にしましょう。　（第２７課文型２）

問題 「～ば」の形を使って書きなさい。

1. 週末、天気が＿＿＿＿＿＿＿＿ハイキングに行きます。
（いい）

2. （会議室で）
田中：木村さん、遅いですね。
広田：そうですね。もう少し待っても＿＿＿＿＿＿＿＿先に始めましょう。
（来ない）

3. 夏休みに北海道へ旅行に行きたいと思っていますが、飛行機のチケットが＿＿＿＿＿＿＿＿行きません。
（高い）

7. あげる・もらう・くれる

1. マリーさんが私に英語を教えてくれました。　（第２８課文型１）
2. 私は武さんに引っ越しを手伝ってもらいました。　（第２８課文型３）
3. 私は武さんにおいしい物をごちそうしてあげます。　（第２８課文型４）

問題 ＿＿＿にひらがなを１つ書き、a～cの中から正しいものを選んで ○ をつけなさい。

1. 私は武さんの誕生日に { a. ごちそうしてくれる / b. ごちそうしてもらう / c. ごちそうしてあげる } つもりです。

2. A：そうじは終わりましたか。

B：はい。田中さんが
- a. 手伝ってくれたんです。
- b. 手伝ってもらったんです。
- c. 手伝ってあげたんです。

3. この前は、お見舞いに ｛a. 来てあげて／b. 来てくれて／c. 来て｝ ありがとう。

4. 辞書を忘れたので、友達に ｛a. 貸してもらい／b. 借りてもらい／c. 貸してくれ｝ ました。

8．敬語

1. 西田先生が私に花をくださいました。　（第２９課文型３）
2. 私は西田先生に花をいただきました。　（第２９課文型３）
3. 先生の奥さんが洗濯をしてくださいました。　（第２９課文型４）
4. 先生の奥さんに洗濯をしていただきました。　（第２９課文型４）
5. タイへいらっしゃるんですか。　（第３０課文型１）
6. お待ちください。　（第３０課文型２）
7. お借りします。　（第３０課文型３）

問題１　正しいものに○をつけなさい。

1. 私が入院した時、萩原先生が本を持って来て ｛a. いただきました。／b. くださいました。｝

2．（日記(にっき)）

今日(きょう)、大家(おおや)さんにみかんを｛a．くださった。／b．いただいた。｝

たくさんあるので、明日(あした)、友達(ともだち)にあげようと思(おも)う。

3．履歴書(りれきしょ)の書(か)き方(かた)がわからなかったので、萩原先生(はぎわらせんせい)に

教(おし)えて｛a．いただきました。／b．くださいました。｝

問題2　敬語(けいご)を使(つか)って書(か)きなさい。

1．A：＿＿＿＿＿＿＿＿＿＿＿＿＿＿＿＿か。

（読(よ)む）

B：はい。

2．A：渡辺先生(わたなべせんせい)は＿＿＿＿＿＿＿＿＿＿＿＿＿＿か。

（いる）

B：いいえ。今日(きょう)は休(やす)みですよ。

3．A：すみれファッションスクールという学校(がっこう)を＿＿＿＿＿＿＿＿＿か。

（知(し)っている）

B：はい。

4．A：あれ、雨(あめ)が降(ふ)っていますよ。傘(かさ)を＿＿＿＿＿＿＿ましょうか。

（貸(か)す）

B：すみません。じゃ、＿＿＿＿＿＿＿＿＿＿

（借(か)りる）

5. A：ちょっと＿＿＿＿＿＿＿＿＿たいんですが…。

（聞く）

B：はい。

A：オープンキャンパスの受付はどちらですか。

6. 私は佐々木と＿＿＿＿＿＿＿＿＿＿＿

（言う）

7. どうぞ＿＿＿＿＿＿＿＿＿＿＿ください。

（上がる）

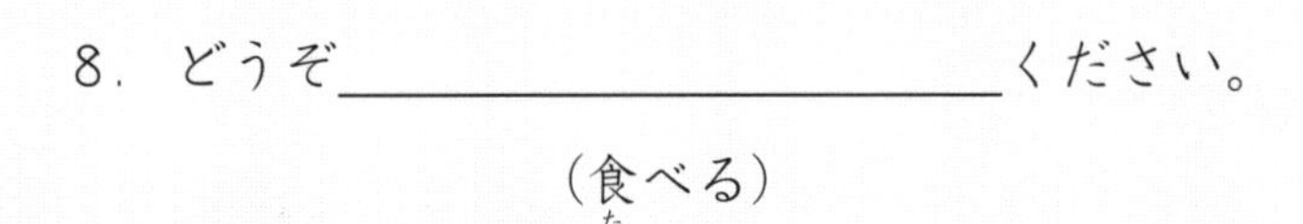

8. どうぞ＿＿＿＿＿＿＿＿＿＿＿ください。

（食べる）

9. 〜ようです

1. 最近、忙しいようです／みたいです。　（第31課文型1）
2. 歌手のようです／みたいです。　（第32課文型2）
3. 紙のように／みたいに薄いです。　（第32課文型2）

問題　（　　）の言葉を適当な形にして書きなさい。

1. A：チンさんはよくカラオケに行きますね。

B：ええ。歌が＿＿＿＿＿＿＿＿ようですね。

（好き）

2. A：あの女の子、＿＿＿＿＿＿＿＿ようですよ。

（迷子）

B：そうですね。

あ、あの人、お母さんじゃありませんか。

3．Ａ：ワンさんはもう帰(かえ)りましたか。

Ｂ：いいえ。かばんがあるから、

まだ＿＿＿＿＿＿＿＿＿＿＿みたいです。

（帰(かえ)る）

4．この家(いえ)、まるで＿＿＿＿＿＿＿＿ように大(おお)きいですね。

（お城(しろ)）

5．あの犬(いぬ)、かわいいね。まるで＿＿＿＿＿＿＿＿＿＿＿みたい！

（ぬいぐるみ）

10. 受身形(うけみけい)

1．後(うし)ろの人(ひと)に押(お)されました。　（第(だい)３１課文型(かぶんけい)５）

2．インスタントラーメンは１９５８年(ねん)に日本(にほん)で初(はじ)めて作(つく)られました。

（第(だい)３２課文型(かぶんけい)１）

問題　**受身形(うけみけい)を使(つか)って書(か)きなさい。**

1．窓(まど)ガラスを割(わ)って、先生(せんせい)に＿＿＿＿＿＿＿＿ました。

（叱(しか)る）

2．昨日(きのう)の夜(よる)、友達(ともだち)に＿＿＿＿＿＿＿＿、勉強(べんきょう)できませんでした。

（来(く)る）

3．先月(せんげつ)、国際女子(こくさいじょし)マラソン大会(たいかい)が＿＿＿＿＿＿＿＿＿ました。

（行(おこな)う）

4．このエ場ではチョコレートが________________います。

（生産する）

11．使役形

1．子供に家の手伝いをさせました。　（第３３課文型２）

問題　**使役形を使って書きなさい。**

1．お母さんは子供に毎日牛乳を________________ました。

（飲む）

2．私は子供にたくさん野菜を________________ようにしています。

（食べる）

3．記者：監督は選手にどんな練習を________________ているんですか。

（する）

監督：毎日１０キロ________________ています。

（走る）

4．宏君のお父さんは宏君を水泳教室に________________ているそうです。

（通う）

12．使役受身形

1．新入生は先輩にいろいろなことをさせられます。　（第３４課文型１）

問題　使役受身形(しえきうけみけい)を使(つか)って書(か)きなさい。

1. 子供(こども)のころ、嫌(きら)いなにんじんを母(はは)に＿＿＿＿＿＿＿＿＿＿ました。

（食(た)べる）

2. 母(はは)に勉強(べんきょう)ばかり＿＿＿＿＿＿＿＿＿＿てぜんぜん遊(あそ)べません。

（する）

3. 広美(ひろみ)さんは子供(こども)のころ、お母(かあ)さんにお皿(さら)を＿＿＿＿＿＿＿＿＿＿そうです。

（洗(あら)う）

13. 受身形(うけみけい)・使役形(しえきけい)・使役受身形(しえきうけみけい)

問題　正(ただ)しいものに◯をつけなさい。

1. 社長(しゃちょう)は新入社員(しんにゅうしゃいん)を7時半(じはん)に会社(かいしゃ)へ
   - a. 来(こ)られました。
   - b. 来(こ)させました。
   - c. 来(こ)させられました。

2. 子供(こども)の時(とき)、両親(りょうしん)にピアノを
   - a. 習(なら)われました。
   - b. 習(なら)わせられました。
   - c. 習(なら)わせました。

3. ゆうべ、子供(こども)に ｛a. 泣(な)かせて／b. 泣(な)かせられて／c. 泣(な)かれて｝ 寝(ね)られませんでした。
   - a. 泣(な)かせて
   - b. 泣(な)かせられて
   - c. 泣(な)かれて

4. この学校(がっこう)は10年前(ねんまえ)に
   - a. 建(た)てられました。
   - b. 建(た)てさせました。
   - c. 建(た)てさせられました。

動詞・い形容詞・な形容詞一覧

『文化初級日本語４ 改訂版』

課	動詞	
	グループ１	グループ２
27	行う (足を)組む 落ち着く 並ぶ	聞こえる 答える 出かける (質問が)出る
28	(人を)送る (おなかが)すく 見送る 片付く 連れて行く	変える (壊れたパソコンを)みる (宿題を)みる
29	いただく[もらう] くださる[くれる] うまくいく	差し上げる[あげる]
30	(口に)合う いただく[食べる] いらっしゃる[来る] おいでになる[来る] おっしゃる[言う] ご覧になる[見る] なさる[する] 参る[来る] いたす[する] いただく[飲む] おいでになる[行く] おいでになる[いる] おる[いる] (予約を)取る 参る[行く] 召し上がる[飲む]	(電話を)かける (いすに)かける 存じる[知る] 任せる
31	謝る こぼす 叱る 泣く (えさを)やる かむ 刺す (財布を)とる 踏む	あわてる 聞かせる ほめる 間違える 見える

		形容詞	
	グループ3	い形容詞	な形容詞
	ノック(を)する 予想する	(熱が)高い (時間が)ない 速い	専門的
	お礼(を)する 紹介する 待ち合わせ(を)する ごちそうする 提出する	(雰囲気が)いい かっこいい	快適 急 クラシック
	安心する 入院する 心配する びっくりする	うまい 心細い	久しぶり
	遠慮する 拝見する[見る] 注文する		
	感動する 遅刻する 呼んで来る スケート(を)する (お)祭り(を)する	すばらしい (テストが)悪い	無理(かもしれない) 有名

課(か)	動詞(どうし)	
	グループ1	グループ2
32	頼(たの)む のばす	合(あ)わせる 建(た)てる 混(ま)ぜる
33	(体力(たいりょく)が)ある (魚(さかな)を)とる 変(か)わる 登(のぼ)る	
34	祝(いわ)う 違(ちが)う (クラブに)入(はい)る 走(はし)る (友達(ともだち)を)作(つく)る	

グループ3		形容詞（けいようし） い形容詞（けいようし）	な形容詞（けいようし）
見学（けんがく）する 検査（けんさ）(を)する 誕生（たんじょう）する 輸入（ゆにゅう）する	研究（けんきゅう）する 生産（せいさん）する 輸出（ゆしゅつ）する		
活躍（かつやく）する 入学（にゅうがく）する 優勝（ゆうしょう）する	推薦（すいせん）する 反対（はんたい）する	厳（きび）しい (歯（は）が)弱（よわ）い	見事（みごと）
乾杯（かんぱい）(を)する 残業（ざんぎょう）する セットする	婚約（こんやく）する 招待（しょうたい）する ダイビング(を)する		

形(かたち)が似(に)ている自動詞(じどうし)と他動詞(たどうし)

自動詞(じどうし)	他動詞(たどうし)	自動詞(じどうし)	他動詞(たどうし)
合(あ)う	合(あ)わせる	出(で)る	出(だ)す
上(あ)がる	上(あ)げる	泊(と)まる	泊(と)める
開(あ)く	開(あ)ける	止(と)まる	止(と)める
集(あつ)まる	集(あつ)める	取(と)れる	取(と)る
動(うご)く	動(うご)かす	治(なお)る	治(なお)す
起(お)きる	起(お)こす	なくなる	なくす
落(お)ちる	落(お)とす	鳴(な)る	鳴(な)らす
降(お)りる	降(お)ろす	煮(に)える	煮(に)る
終(お)わる	終(お)える／終(お)わる	乗(の)る	乗(の)せる
かかる	かける	入(はい)る	入(い)れる
片付(かたづ)く	片付(かたづ)ける	始(はじ)まる	始(はじ)める
消(き)える	消(け)す	冷(ひ)える	冷(ひ)やす
決(き)まる	決(き)める	増(ふ)える	増(ふ)やす
切(き)れる	切(き)る	減(へ)る	減(へ)らす
壊(こわ)れる	壊(こわ)す	回(まわ)る	回(まわ)す
閉(し)まる	閉(し)める	見(み)つかる	見(み)つける
倒(たお)れる	倒(たお)す	汚(よご)れる	汚(よご)す
つく	つける	割(わ)れる	割(わ)る

助数詞表　期間

	～時間	～日(間)	～週間	～か月	～年
1	いちじかん	いちにち	いっしゅうかん	いっかげつ	いちねん
2	にじかん	ふつか（かん）	にしゅうかん	にかげつ	にねん
3	さんじかん	みっか（かん）	さんしゅうかん	さんかげつ	さんねん
4	よじかん	よっか（かん）	よんしゅうかん	よんかげつ	よねん
5	ごじかん	いつか（かん）	ごしゅうかん	ごかげつ	ごねん
6	ろくじかん	むいか（かん）	ろくしゅうかん	ろっかげつ はんとし	ろくねん
7	しちじかん ななじかん	なのか（かん）	ななしゅうかん	ななかげつ	しちねん ななねん
8	はちじかん	ようか（かん）	はっしゅうかん	はちかげつ	はちねん
9	くじかん	ここのか（かん）	きゅうしゅうかん	きゅうかげつ	きゅうねん
10	じゅうじかん	とおか（かん）	じっしゅうかん じゅっしゅうかん	じっかげつ じゅっかげつ	じゅうねん
?	なんじかん	なんにち（かん）	なんしゅうかん	なんかげつ	なんねん

いっかげつ＝ひとつき
にかげつ＝ふたつき

助数詞表(じょすうしひょう) その他(た)の助数詞(じょすうし)①

	a. 月(がつ)	b. 時(じ)	c. 番(ばん)	d. 円(えん)	e. キロ	f. 歳(さい)
1	いちがつ	いちじ	いちばん	いちえん	いちキロ	いっさい
2	にがつ	にじ	にばん	にえん	にキロ	にさい
3	さんがつ	さんじ	さんばん	さんえん	さんキロ	さんさい
4	しがつ	よじ	よんばん	よえん	よんキロ	よんさい
5	ごがつ	ごじ	ごばん	ごえん	ごキロ	ごさい
6	ろくがつ	ろくじ	ろくばん	ろくえん	ろっキロ	ろくさい
7	しちがつ	しちじ	ななばん	ななえん	しちキロ ななキロ	ななさい
8	はちがつ	はちじ	はちばん	はちえん	はちキロ	はっさい
9	くがつ	くじ	きゅうばん	きゅうえん	きゅうキロ	きゅうさい
10	じゅうがつ	じゅうじ	じゅうばん	じゅうえん	じっキロ じゅっキロ	じっさい じゅっさい
?	なんがつ	なんじ	なんばん	なんえん	なんキロ	なんさい
他(ほか)の助数詞(じょすうし)		時間目(じかんめ)	号(ごう) 畳(じょう) 枚(まい) 度(ど) 名(めい) 便(びん) 錠(じょう) ………… グラム(g) メートル(m) ミリ(mm)		組(くみ) ………… パーセント(%) シーシー(cc) キロ(km)	種類(しゅるい) 冊(さつ) ………… センチ(cm) ページ
注(ちゅう)					6(ろく)パーセント 6(ろく)シーシー	20歳(はたち)

助数詞表(じょすうしひょう)　その他(た)の助数詞(じょすうし)②

	g. 回(かい)	h. 分(ふん)	i. 本(ほん)	j. 個(こ)	つ	k. 人(にん)
1	いっかい	いっぷん	いっぽん	いっこ	ひとつ	ひとり
2	にかい	にふん	にほん	にこ	ふたつ	ふたり
3	さんかい	さんぷん	さんぼん	さんこ	みっつ	さんにん
4	よんかい	よんぷん	よんほん	よんこ	よっつ	よにん
5	ごかい	ごふん	ごほん	ごこ	いつつ	ごにん
6	ろっかい	ろっぷん	ろっぽん	ろっこ	むっつ	ろくにん
7	ななかい	ななふん	ななほん	ななこ	ななつ	しちにん ななにん
8	はっかい	はっぷん	はっぽん	はっこ	やっつ	はちにん
9	きゅうかい	きゅうふん	きゅうほん	きゅうこ	ここのつ	きゅうにん
10	じっかい じゅっかい	じっぷん じゅっぷん	じっぽん じゅっぽん	じっこ じゅっこ	とお	じゅうにん
?	なんかい	なんぷん	なんぼん	なんこ	いくつ	なんにん
他(ほか)の助数詞(じょすうし)	階(かい)　校(こう)	泊(はく)				
注(ちゅう)	3階(さんがい)					

文型一覧

『文化初級日本語４ 改訂版』

L：課

課	番号	文型
L27	1	どちらでもいいです。
	2	間に合わなければ来月にしましょう。
	3	ちょうど今、受付が始まるところです。
	4	座れそうです。　座れそうにありません。
	5	もう読んでしまいました。
L28	1	マリーさんが（私に）英語を教えてくれました。
	2	良子さんのうちへ行く時、ケーキを買いました。 良子さんのうちへ行った時、片付けを手伝いました。
	3	（私は）武さんに引っ越しを手伝ってもらいました。
	4	（私は）武さんにおいしい物をごちそうしてあげます。
	5	・良子：明日、銀河亭で待ち合わせをしましょう。 武：その店はどこにあるの？ ・良子：明日、新宿の東口で待ち合わせをしましょう。 武：あそこは人が多すぎるから、別の所にしようよ。
L29	1	今、終わったところです。
	2	入院したと聞いて心配しました。　最近、夜寝られなくて困っています。
	3	西田先生が（私に）花をくださいました。 （私は）西田先生に花をいただきました。
	4	先生の奥さんが洗濯をしてくださいました。 先生の奥さんに洗濯をしていただきました。
	5	いろいろな人と日本語で話すようにしています。
L30	1	タイへいらっしゃるんですか。
	2	お待ちください。
	3	お借りします。
	4	ナプキンを取っていただけませんか。

L31	1	最近、忙しいようです。／みたいです。
	2	お祭りを見に行くことにしました。
	3	せっかく誘ってもらったのに、行けませんでした。
	4	駅に着いたら、もう人がおおぜいいました。
	5	後ろの人に 押されました。
L32	1	インスタントラーメンは１９５８年に日本で初めて作られました。
	2	歌手のようです。／みたいです。 紙のように／みたいに薄いです。
	3	カップの検査をしているところです。
L33	1	毎日練習ばかりしていました。
	2	広美に家の手伝いを させました。
	3	就職したらどうですか。
L34	1	新入生は先輩にいろいろなことをさせられます。
	2	クラブに入るなら、見学してから決めたほうがいいですよ。
	3	冷やしてあります。

50音索引（おんさくいん）

＜索引の見方＞

1. 語句（ごく） この索引は『文化初級日本語４改訂版』の各課で新出語として取り上げた語句（３６１語）を五十音順に配列したものである。

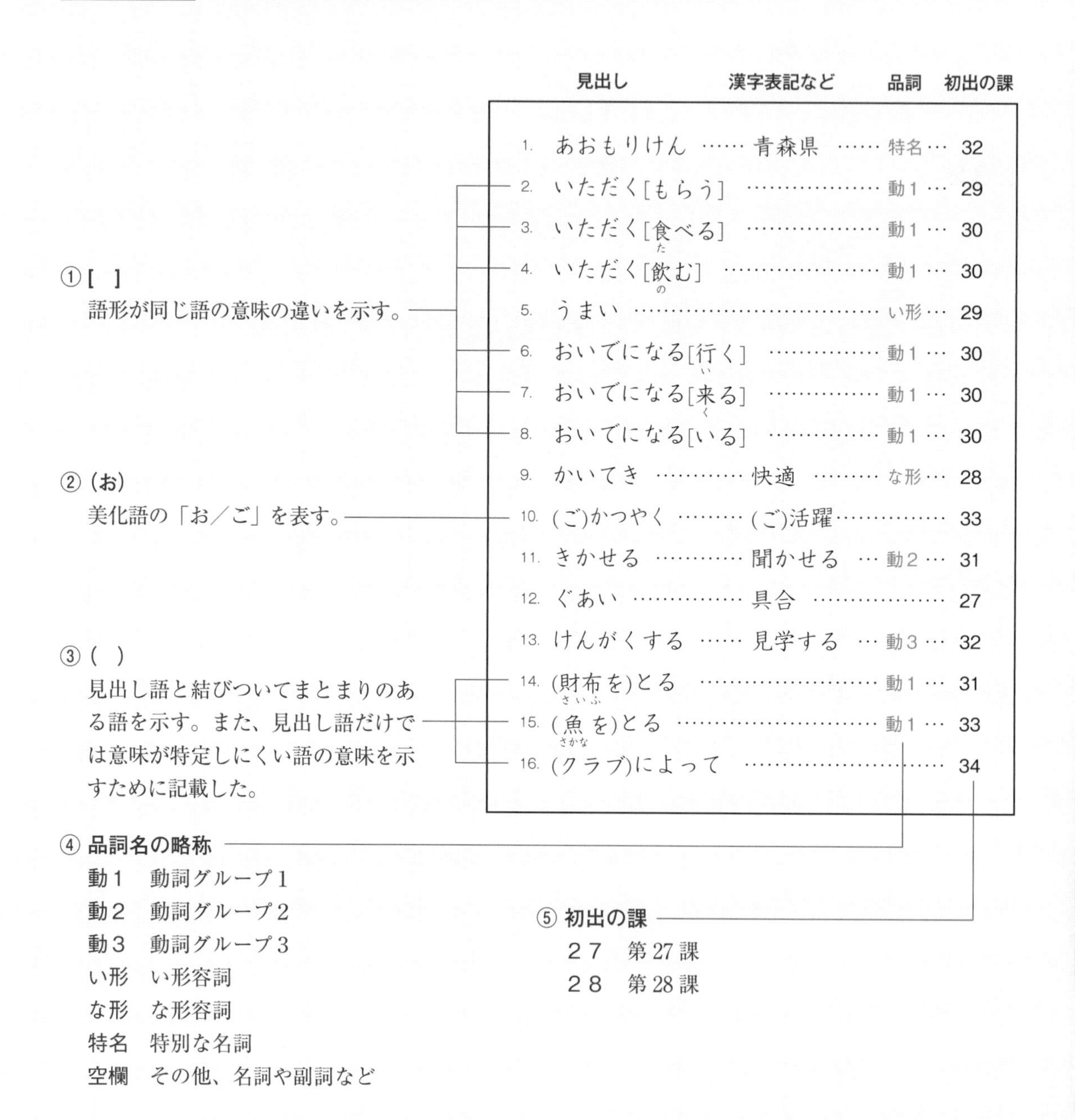

2. いろいろな表現（ひょうげん） この索引は、各課で取り上げたいろいろな表現を五十音順に配列したものである。

1. 語句

2. いろいろな表現(ひょうげん)

國家圖書館出版品預行編目資料

文化初級日本語 / 文化外国語専門学校日本語科編著 . --
第 1 版 . -- 臺北市 : 大新, 民 103.04-

冊； 公分

ISBN 978-986-6132-96-4（第 1 冊：精裝）. --
ISBN 978-986-321-056-6（第 2 冊：精裝）. --
ISBN 978-986-321-058-0（第 3 冊：精裝）. --
ISBN 978-986-321-059-7（第 4 冊：精裝）

1. 日語 2. 讀本

803.18　　103004586

本書原名一「文化初級日本語 II　テキスト　改訂版（第 27 課～第 34 課）」

文化初級日本語 4　改訂版

2014 年（民 103）8 月 1 日 第 1 版 第 1 刷 發行

定價 新臺幣 360 元整

編　著　文化外国語専門学校　日本語科
授　權　文化外国語専門学校
發行人　林　寶
發行所　大新書局
地　址　台北市大安區 (106) 瑞安街 256 巷 16 號
電　話　(02)2707-3232・2707-3838・2755-2468
傳　真　(02)2701-1633・郵政劃撥：00173901

香港地區　香港聯合書刊物流有限公司
地　址　香港新界大埔汀麗路 36 號 中華商務印刷大廈 3 字樓
電　話　(852)2150-2100
傳　真　(852)2810-4201

© Bunka Institute of Language 2013, Printed in Japan
「文化初級日本語 4 改訂版」由 文化外国語専門学校 授權在台灣、香港、澳門、新加坡地區印行銷售。
任何盜印版本，即屬違法。版權所有，翻印必究。ISBN 978-986-321-059-7 (B924)